请回答
玫瑰或金

奚榜◎著

BETWEEN ROSES
AND
GOLD

天津出版传媒集团
百花文艺出版社

图书在版编目（ＣＩＰ）数据

请回答玫瑰或金 / 奚榜著. -- 天津：百花文艺出
版社, 2025. 7. -- ISBN 978-7-5306-9179-3

Ⅰ. I247.5

中国国家版本馆 CIP 数据核字第 2025ZL9547 号

请回答玫瑰或金

QING HUIDA MEIGUI HUO JIN

奚榜　著

出 版 人：薛印胜

选题策划：汪惠仁　　韩新枝

责任编辑：张　烁　　**助理编辑：**张凡羽

美术编辑：郭亚红

出版发行：百花文艺出版社

地址：天津市和平区西康路 35 号　**邮编：**300051

电话传真：+86-22-23332651（发行部）

　　　　　　+86-22-23332656（总编室）

　　　　　　+86-22-27862135（邮购部）

网址：http://www.baihuawenyi.com

印刷：天津新华印务有限公司

开本：880 毫米×1230 毫米　　1/32

字数：150 千字

印张：9

版次：2025 年 7 月第 1 版

印次：2025 年 7 月第 1 次印刷

定价：52.00元

如有印装质量问题，请与天津新华印务有限公司联系调换

地址：天津东丽开发区五经路 23 号

电话：(022)58160306

邮编：300300

目 录

一 一秒后命运倾覆

事情之初，一片银色的世界呈现出来，仪表云集闪烁如飞船，墙体既像塑料又像金属，还像玉。

地板中心环着栏杆，一群人站在外围，看当中托座缓缓升起，上面是颗水晶球一样的东西。

卓玉混在十二名同事中间，剪着复古秀芝头，肤色白到半透明。她仿佛能听见自己的呼吸，肌肉也在不为人知处急速颤抖。

二十年努力，一朝成功。作为头儿的她正想开口说几句，颞叶点对点通信处却响起了顶头上司的声音。卓玉丢开大家，转身走进自己办公室。

不一会儿，助手拎着半尺见方的箱子，跟了进来，里面装的正是那颗名为"火凤凰"的样品球。狂喜令他俩短暂失语，只顾相视微笑。

"微型飞行器到了。"卓玉终于开口,助手便与她一起走进了专用电梯。

江城的天空此刻出现了双彩虹。

距离到达地面还有两百米,二人便在短暂的时间内亢奋交谈着,说的却不是箱子里的东西。"你猜,韩部长晚上会不会请客?"她问助手。后者答:"他若不请,我们就'宰'你。""好啊,我早就等着这天了。看看你们那点见识,能把我吃垮不?"卓玉笑。那小伙子也不示弱,一句递一句说了下去。

"可别反悔,我们哥几个馋蓝龙虾很久了,还得配滴金贵腐甜白。"

"小case(事情)啦,毛毛雨啦。"

"我说的不是纳米复制,要天然的。"

"哈,材料学家瞧不起纳米食品,可别让人知道了。行,豁出去了,咱就吃天然的。对了,我还囤了十三条超七发晶手链,也是天然的哦,饭后人手一串。"卓玉说。

助手回道:"咱们男人可不喜欢那些个妖娆的东西。"

"你母亲呢?你妹妹呢?她们喜欢就行。"卓玉回。

两人说说笑笑,如释重负,世界光明得像天堂。

不想突然间,一切大变了——电梯土崩瓦解只用了一秒,五秒后,他俩撞击到了一百二十米深的洞底。

二　世上绝不可能有穿越

卓玉看到那景象后,就知道自己在做梦。

一片黑色胶泥状沼泽,无边无际,她在里面扯脚跋涉,步履维艰。天空惨白,没有太阳,周围不见一点活物,连风都没有。

世界特别像地狱,她母亲念的《地藏经》里的地狱。

童年每做噩梦惊醒,喊来母亲,后者必坐床边,低低念《地藏经》,直到她再次睡去。母亲说:"小鬼都要跪着听,屋里阴气就散了。"母亲是个作家,宗教玄学东方西方啥的,一股脑儿来者不拒,整天神神道道。

卓玉蓦然一惊,却也突然明白,这是一个白日梦——就是能在里面清晰思考一切,却像被什么魇住了,完全不能醒来那种。

此生气场低迷时,她也经历过形形色色的白日梦。每每，她都靠着强烈的求生意志，灵魂在梦里大哭大闹，以头抢地，折腾半天才回到现实。

这一次，似乎没那么简单，像被金钟罩罩住了，怎么也撞不出去。

她突然想起了电梯的土崩瓦解，也想起了临近洞底的一刻，救命气垫弹出来，托住了她和助手。

是的，她应该没死，只是因撞击与惊吓，进入了昏迷状态。

正当她再次积蓄力量，准备突破金钟罩时，却一睁眼睛，醒了过来。

她果然在医院，周围空无一人。

其时，普通病早已由智能屋AI诊治，江城唯存几家做疑难尖端治疗的特种医院，比如部里定点的983医院，或她男友廖比尔就职的脑科学院。这里却只是一间怀旧风格的病房。

怎么说呢，它不是2057年常见的智能屋，也不是用她一眼能辨认出来的无尘恒温纳米材料建造，而是二十世纪基层医院的样子——绿色漆铁床、屄屄黄床头柜、打点滴的白铁架子、银色铝合金窗户、白色乳胶漆墙面。

这是一个阳光明媚的日子，窗外有棵樟树探头探脑。二三十米的远处，盒子样的旧式办公大楼挡住了视线。

难道,谁把她放到了偏僻的山区卫生院?

她正瞬间千里地乱猜,一个男人就推门而入了。他满脸堆着憨厚的笑,薄薄的精巧唇形抵消了一点拙朴。

来人是个青年,骨骼壮实,国字脸带点鞋拔子状,再配以有力的悬胆鼻、淡淡的古龙水味、做工考究的灰色T恤、剪得精细无比的发脚,可谓长得周吴郑王。唯其眼睛略带混浊,还有个短到似乎童年流过鼻涕的人中,令她感觉他应该叫壮壮或者有财。

男人在她床边的椅子上坐了下来,关切地压低声音:"醒啦?吓死个人。不是没事了吗?咋又突然晕倒了?"

她被说得蒙头蒙脑的,正想问他是谁,一名年轻女子就秋风黑脸冲了进来,对着卓玉便骂:"卓玫瑰,闷鸡子啄白米啊。我几天不在江城,你就掺和进来啦!"

"嘻,不是跟你说了吗?是我三顾茅庐,请玫瑰帮忙的。"

男人急得站起来,圈着女人,往外裹挟,后者却狠狠推了他一个趔趄。男人稳了稳自己,看了下两个女人,讪讪一笑,只好不作声了。

发脾气的女人长得像东南亚美女,颧骨高圆,淡眉略压深邃的眼睛,再配以豹纹弹力连衣裙,倒有点丛林女郎的美。可惜她一开口就是公鸭嗓,对那男人吼:"楚宝贵,我晓得是你觍着脸去接近她。"

"不跟你说了为合同吗？"男人再次倔强提醒。

"我早把地基打好了，你就是走走形式。"

"甲方突然提出要白送一个版面的软文。"

"是你主动向甲方提出的吧？"

"是，是啊。这是流行的礼物嘛。全省只有晚报发行上百万，玫瑰正好管着那块，我不找她找谁？整整折扣了三万元哪，够你下次去香港再买条铂金项链了。"

"找谁都能给折扣。如今是甲方的年代。"女人提高了音量，"她自己惹了事，还把你拉下水。她的甲方又不是赖大明，就你苔，就你苔！"

女人举起信封样的羊皮手包，边说边打男人后背。

"出去说出去说，玫瑰还没好全呢。"叫楚宝贵的男人闪躲几下，使着暗劲把女人半抱半推了出去。

关门的一瞬间，他回头说："你养养神，我先安顿下你妹。姜医生马上来。"话音未落，豹纹女却丢下一句"啥姐啊妹的，高攀不起"，就囊囊地走远了。

卓玉的头还有点痛。她默念了几次密码，竟没打开与韩部长的点对点通信。

刚才那对男女暴风骤雨般闹完，又跑了出去，令她完全没有插嘴的机会。她想，这会不会是韩部长或比尔为了她的康复，刻意设计的情境疗法？但转念间，她又觉得不对。是什么不对呢？她终于想了起来，那女人喊她"卓玫瑰"。

那是埋在她心底的一个名字，对身边人乃至比尔和韩部长都没提过。当她不得不提起时，用的是"我母亲"三个字。

一念至此，卓玉也不觉得头痛了，翻身下床，直扑单人病房卫生间。

卓玉刚走几步，楚宝贵又冲了进来。他以为她要出去，伸手拦着道："你快休息，我把事情解决了。"她只好按其要求，退回房内，想：还是先问清楚再说。

卓玉重新半靠着床头，仔细打量对面椅子上的楚宝贵。

"你是谁？她又是谁？"卓玉压抑着怒气。她感觉自己的声音都激动得变了。

男人愣了下，笑起来："咋啦？医生说你脑震荡是轻微的，别想装失忆吓人。"

"你是谁？"卓玉又问了一句，深深地盯着他。

男人想说什么，又闭了嘴。他仔细审视她的目光，竟有点害怕了，站起来想摸她额头，又缩回手，重新坐到一米开外的椅子上。

他换了更加沉稳悲痛的声调，说："你又不是不晓得，她小时候都被街坊喊'土匪'的嘛。不管她。咱们一起商量商量那个事。"

"你还没回答我，你到底是谁？我为什么会在这里？"卓玉打断了他。

话音未落，她心里一咯噔，飞快回过神来——

专用电梯解体是恐袭！是单单针对她而不是针对火凤凰的恐袭！因为，两者材料并不一样。

电梯是由她发明的纳米可编程Q材料做的，最后一道密码的母本只在她一个人脑袋里，无一般规律可循，怎么会泄密呢？

若不是被领导安排在这里，那就糟了，说明自己可能被绑架了。

酷爱炫技的国际恐怖组织SKT几年前宣布了一个名单，把她也当作目标之一。她主持研发的那个水晶球般的火凤凰，是Q材料的大踏步升级，可在百万摄氏度高温的日冕中变成等离子体，吸收储存太阳的巨大能量，返航时又还原成固体物质。

也就是说，它是利用整个太阳能量的重要一步。如今，人类仅仅能使用地球的八成能量。

楚宝贵看她面色那么严肃，久久沉思，也吓住了，半晌才说："玫瑰哪，你先歇着，我去催催姜医生。"

男人说完，就想起身离开，卓玉却再次因为"玫瑰"二字，浑身一抖。

她迅速低下头，看了自己的手掌以及身体其他部分，还摸了摸发型。几秒后，她疯了一样跳下床，冲进了卫生间。又是几秒后，楚宝贵听到她在卫生间大哭起来。他吓得赶紧冲了进去，一迭声问她怎么啦。

2057年的科学家卓玉，在病房卫生间的镜子里，看见自己变成了母亲年轻时的样子。刚才她昏头昏脑，才从鬼门关返回，又被那女的冲击了一下，还没来得及发现——用基因医疗葆青春的五十九岁的自己，与青春时的母亲相差三十来岁，却甚是相似，又各有不同。

她与母亲都喜欢剪复古秀芝头。她剪得更短，不超过腮骨，母亲的到达了肩部。她身高一米六五，母亲一米六。她肤色白皙，二十年地下实验室的工作令其带点透明，而母亲则是阳光的淡小麦色。镜子里，青年母亲与中年的她都是中等体格，而她在年轻时（也就是二十一世纪二三十年代），却比母亲纤细得多，大约是母亲从小让她"十指不沾阳春水，一心只读科技书"的缘故。

猛不丁见到已在天国的亲人，她用母亲的嗓子大哭起来，吓得身后的男人马上拿出摩托罗拉翻盖手机，开始联系姜医生。

"现在是哪年哪月？"她止住哭泣，哑哑地问。

楚宝贵看着她，犹豫良久，硬是不回答。

不一会儿，姜医生到了，却见卓玉靠在床头，呆呆看天花板，想着什么。她发现自己变成卓玫瑰后，很害怕是恐怖组织正在催眠输入记忆，就谨慎地不多说一句，随便楚宝贵向姜医生充满臆想地汇报，说她惊吓过度令精神出现了问题。

作为一个科学家，她知道，这绝不是穿越，更不是灵魂附体。

在2057年，没有任何科技能把一个大活人穿越到几十年前。因为，制造一个可供真人穿越的大虫洞，需要整整一个行星的能量。人类如今能利用的总能量还没那么多呢。除非，未来火凤凰能把日冕的巨大能量储存运输回来。

只有那些科商很低的小说家才会胡写乱写，认为随随便便就穿越了。

人类距离那天还很远，甚至在这个级别的文明里永不可及。卓玉更不相信灵魂附体之类。那么，只有一种可能，她还在昏迷，还在做梦。

可是，一切又那么真实，眼耳鼻舌身意，与现实无异。她甚至能在阳光中看见楚宝贵胳膊上的汗毛，闻到他古龙香水下淡淡的烟草味，然后，她心里突然有个声音唱了起来："我想念你的吻，和手指淡淡烟草味道……"

这不是她熟悉的歌,但却莫名会唱,甚至知道是辛晓琪的《味道》。她怀疑自己依然在做梦,并且,潜意识的某种东西被调出来了。比如,母亲在胎教时反复唱过此歌?

还有一种可能,就是与传说中的高维意识接驳了,那里有母亲的一切。

东西方都认为,宇宙把所有信息储存在某个地方。道家称它为"道",佛教说是"阿赖耶识",而外国人则命名为"阿卡西记录"。据说那里没有时间,过去现在未来同时存在,且信息永不消逝。

传说历史上有些高人通过打坐,进入那里,随意翻阅自己想要的信息。卓玉并未见过这种人,就算有,他们的一生也是盘着腿,闭上眼,一呼一吸,啥事不干,就盯着那仓库,她不信自己毫不费力就能进入母亲的青春岁月。

她想完,便在被子里狠命掐了下自己,或者说掐了母亲的身体。她竟感到大腿外侧锥心的痛,太真实了,根本不像梦。

难道,谁给她的大脑植入了超越2057年水平的芯片,让她跌入了超级沉浸元宇宙,准备做场黄粱梦?

从理论上说,如果有一台运算能力是量子计算机万亿亿倍的超级电脑,是可以制造出一个世界的,让人以梦为生。现今的宇宙也不排除就是一个个在做梦的大脑生发出来的现实。但,直到她从一百二十米的高处坠下的2057年,人类距离成为"创世者",还遥不可及。

那,究竟是怎么回事?

她一想,头竟更痛了,便假装痴呆状,任姜医生给她量血压、体温啥的,也任那个叫楚宝贵的无比焦灼地看着她。

她想,不能排除一切都是SKT的诡计。他们完全可以设计一个"楚门的世界",让她以为自己穿越了,再用楚宝贵来慢慢套出她掌握的秘密。

不过,SKT用什么科技才能让她"以自己躯体为梦"啊?在2057年,一般只能做到让别人眼见为虚。比如,各地的现实增强技术公园里,那些虚拟的奇花异卉与豺狼虎豹虽然无限接近真实,但都属于他者,不是自己啊。

这事令她百思不得其解,一时穷尽了所学而不明。

三 迷惑还在加深

姜医生细细查完卓玉的身体，又问了她呕不呕吐等各种细节，回头跟楚宝贵说："有点头疼是正常的,应该没大问题了。"

"还有失忆,不认人了。"楚宝贵说。

姜医生回头看了眼卓玉，说："这就不属于我专业范畴了。要不,你带她去协和看看。"

楚宝贵送走姜医生，看了看表，说："今天没专家号了,明天送你去协和。我有个重要饭局,先走一步。齐阿姨会给你送土鸡汤来。明天,对,明天我们一起商量下那个事。春华的意思是,咱俩还是去找赖大明道歉,摊开谈,不捂着吃闷亏。"

卓玉听了一愣，想那豹纹女大约就叫什么春华了。她刚要开口，男人手机一响，竟道声再见，风一样离开了。

楼道里传来他一边走一边低低说话的声音。

卓玉赶紧滑下床，再次去卫生间镜子前看母亲的样子。她摸了摸镜子，摸了摸自己，又流了会儿眼泪，想，母亲要真的这么年轻就好了，她情愿为此回到受精卵的状态。

一念至此，她才想起了什么似的，快步走到房间角落的衣帽架边，拿下挂着的女式棕色牛皮单肩背包，放床上翻着。包里有些杂七杂八的东西，粉饼、圆珠笔、采访本、小包纸巾等。最突出的是还没拆封的黑色诺基亚2110手机，包装盒外面缠着个纸条，摊开见上面写着——

　　玫瑰，你先用这个。你的手机和录音笔，我会帮你拿回来的。

笔迹不太工整，她猜是楚宝贵写的。心忖对方倒是个细心男人，趁她昏睡时，往她包里塞新手机。那，她原先的手机和录音笔在哪里呢？

她又翻开了带拉链的夹层，里面有个钱包，内有两百多元的纸币，版本当然是二十世纪九十年代用的，按面额分层装着，还有两张储蓄卡。钱包的夹层里，是一张身份证。她抽出来一看，果然是母亲的。上面有卓玫瑰的户口所在地，竟是她从没听说过的梨花镇。

母亲不是土生土长的江城人吗？她也不细想，只当本就不是现实世界，有点差错很正常。

卓玉拉开病房门，见外面果然是全套的老式住院部，简洁清爽，非常安静，空中飘着淡淡的来苏水味。楼道坐南北向，比较阴凉，墙体腰线以下漆成了淡绿色，两边的病房门也是同色，但都关着，只有不远处服务台后坐着两名护士，穿着怀旧款制服。

卓玉想，SKT搞这"楚门的世界"挺齐活啊，得，我就配合他们演出了吧。

她走了过去，刚要开口问日期，却发现桌子上摊了一个大大的台历，上面写着"1995年9月19日、乙亥猪年、阴历八月廿五、星期二"之类，还有今日宜忌。她不由暗赞细节不错，搞得跟真的似的。这时，一名护士已抬起了头。

"卓女士，"她一边说，一边低头看了下病历，"我这边显示您没有大碍了，随时可以出院。"

原来没人监视看管，还可以出院啊。卓玉大喜，赶紧按照护士指点办了手续，还从押金中退了四百二十元。

久违纸币的她把它们拿在手上看了看，赶紧回屋换衣帽架上的服装，准备出院。

这一换，卓玉心里又是一咯噔。那是一件带着夸张宫廷泡泡袖的白衬衣，外加黑色混纺一步裙。靠墙摆着一双古铜色羊皮薄短靴,再加上她在镜子里看见的长秀芝头,妥妥是母亲遗照里九十年代中期的样子啊。

"SKT在暗网捞出各种倒闭社交平台上母亲的信息,也不难。可要让我以幻为真,还真不容易。"

卓玉知道,SKT里有些顶级科学家,也许可以做到让她以幻为真。他们加入反科技恐怖组织的目的,是忏悔自己曾经对科技做过的"贡献",就像爱因斯坦对原子弹那样。

卓玉不多想,带着"既来梦,则探索之"的好奇心,从侧面步行梯下了楼,没乘电梯。她从病房窗口知道自己仅仅在四楼,不想进封闭空间去冒险。她很想出去看看,这个局有多大。

卓玉一跨出医院大门,彻底呆住了。

"楚门的世界"太大了,目测是整整一座城市,各个方向的楼房外还有楼房,连绵不绝到目力所不能及处,而且,完全是影像中九十年代江城的样子。房子多为十层以下,当时二十八层的地标"向日葵国际酒店"在远处若隐若现。街上行人穿得鲜艳的不多,款式却与二十一世纪差别不大。衣帽鞋饰本就没啥新花样,改点细节便可不断轮回,只有面料在不断进步。

她正走神,顶着天然气橡皮大包的公汽从面前开过,粗暴地按了下喇叭。她一惊，抬头看到，几百米远的十字路口处，有拖着辫子的长长电车正在蜿蜒转弯。

卓玉办手续时知道，已经半下午了。她跑到医院旁边的公汽站，研究了好半天站牌，终于发现了一个童年爱去的地方：宝福路夜市。

生于1998年7月的卓玉，十岁跟随母亲移民新西兰。2036年母亲因空难离世。2037年她重入中国籍，带着能获诺奖的Q材料回到江城，欲造福家乡，却被上头认为有恐袭的风险，暂不予以民用，只在公园圈出六千平方米草坪，让她在上面建了可随意变形的雕塑群，围上栏杆，供市民欣赏。随后，上头要她参与世界性合作的"夸父计划"，以配合国际联合科学院，做地球文明的升级。

她做的那部分，就是夸父计划的主体材料火凤凰。

扯远了。此时的卓玉犹如世间所有的迷虫，不细思根本意识不到本尊，只想快点去看童年老想去的夜市。那里彩色货亭挨着货亭，灯火通明，每个摊点都摆着琳琅满目的小玩意儿。小时的她一进去，总是不停地买买买，从音乐盒、动物笔到小丝袜，专选新奇的。母亲老说："都是水货，用不了多久。"但她就是喜欢它们飞快剽窃自全世界的可爱造型。尤其夜市后面还有一条街，名叫鬼食街，可以吃遍大江南北各种小吃。

她太想吃江城传统烤臭干子了，在青冈木炭上烤得外焦里嫩，撒上孜然、辣椒面和葱花。她在新西兰想了二十九年，二十年前回来却发现，早不是那个味了。纳米高营养臭干子覆盖了江城市场，就是他们这种材料学家作的孽。

卓玉站在公汽站，没发觉自己更深入母亲的记忆了，正琢磨是花五块钱打的去宝福路，还是感受下公汽上拥挤的味道，就被一个人狠狠扯了下。

"哟，个把马养的，翅膀硬了，回了江城也不挨家，还关手机。"

卓玉一惊，回头见一身板宽厚的中年妇人拉着脸，两眼冒火地瞪她。来人穿着宽松的黑地碎花化纤衬衣，扣子扣到喉头，她感觉有点面熟，又想不起来，却听妇人继续说："巧板眼了，要不是在这里换车，还捉不住你呢。走，赶紧跟老娘回去，屋里出大事了。"

妇人说完，扯了卓玉就上正停下的501专线公汽。后者此时才猛然想起，这人应该是她的外婆王学先。在母亲的随笔集里，有外婆几张照片，虽与现实有出入，倒也能辨认出来。书里写到，外婆死于卓玉出生那天，病因是脑梗。红白事搅到一起，让单身产妇卓玫瑰差点精神大爆炸，乳汁都被打回去了。

除此之外，母亲很少提及外婆，移民离开江城前亦如是。

她保留的王学先的照片共三张，全都做成了数码版存在云链上，后来用到了随笔集里。卓玉记得十岁离开江城时，母亲低价处理家中一切物品，包括她珍爱的两千来本书。唯一带走的却是她化名"柔丝"（英文玫瑰的译音），在日报副刊上写的一批随笔的剪报。多年后，母亲把这批文章用第一笔名"玫瑰"编辑成书，在国内外都出版了，书中却唯一没有编进一篇名叫《玫瑰或金》的文章。它开篇就提到了王学先——

　　从我记事起，母亲最爱谈的、几乎唯一谈的，就是钱。这让我产生了逆反心理，直到大学毕业还觉得世上最脏的就是钱。可这个时代，社会突然变了，鼓励全民掘金，到处写着"时间就是金钱"这样的句子。尽早发家致富成了老百姓的责任似的，于是，我显得与周围格格不入。

　　每当我吃饭时打断母亲在旁边报告每盘菜成本的声音，她都很恼火，说："你鼻子是蛀的，是蛀的。"这是江城的土话，有点像北方人说的"硌硬"加"作"，意思是我不接地气，可谓"小姐的思维，丫鬟的命"。

卓玉在江城长到十岁，从没去过梧桐巷。她出生后不久，梧桐巷就开始做拆迁动员了。母亲卓玫瑰后来得到一笔补偿费,熬过难关。外婆则在她出生的1998年7月2日当天猝死,没享受到拆迁福利。卓玉从小就以为,生一个死一个,是母亲心里太痛,才不愿让她触及外婆太多。

一念至此,她喉头便发紧了,立马在公汽上挽住了外婆的胳膊。她发现外婆浑身抖了下,又镇定下来,诧异地看了她一眼,便转过头,一直看窗外成排的法国梧桐与红砖筒子楼。

公汽沿路走过的地方,果然是各种纪录片里留下的九十年代江城的样子,一分一毫都不差。卓玉又想起了"自己为什么会深入此境"的问题,梧桐巷却到了。

她跟着外婆在干道上的公汽站下了车,往旁边的岔路走了两百多米,才到了岔路的岔路,也就是梧桐巷口子上。外婆走路有点长短脚似的,还气喘吁吁。算起来,1995年9月19日,她才四十八岁,比2057年的卓玉还小十一岁,人却已经虚了。卓玉赶紧又凑过去,扶住她。王学先却拉了脸,一把甩开她,说:"没人了,不用装。我晓得你从小就不喜欢碰我。"

说完,做外婆的顾自往前走去,脸上再也不见公汽上的微笑了。

一切都如卓玫瑰在随笔集里描述的一样,老宅外面有个几平方米的小院,种着牵牛、月季等给点关注就灿烂的平民之花。

进了兼任客餐厅的堂屋,左边是连通着的两间卧室,右边是厨房与厕所。全屋摆着二十世纪八十年代的尼尼黄胶合板组合家具,唯几样小家电是九十年代的。据说,家具是外公亲手打造的,外婆一直用到了死,为了做卫生方便,只是把外公抹的三合土换成了米色地板砖。随笔集里说,地砖买的是厂家一块钱一块的次品,王学先自己用板车拖回来,找做小工的街坊帮忙铺的。

外婆已经坐在堂屋的人造革沙发上喘气,一时脸色发黑,不知道是情绪还是身体使然。卓玉依然站着,心里各种猜测,各种害怕,不敢主动说话。

王学先突然无声地流泪了。她用粗粗的手抹了下脸,哑哑地说:"你赶紧去后院看看,我花光存款买的宝贝……出事了……出事了呀……"

卓玉这才想起,母亲的文章中写过,出了厕所,后面还有一个几平方米的后院,用红砖砌了镂空围墙,保护着水缸、鸡笼,以及一丛粉子头、一株芭蕉。

她万万没想到,一推开后院的门,就看见了满地的血。

四 她被她晕染了

卓玉吓得尖叫一声就往后退，不小心踩到了王学先的脚。后者一边骂，一边又把卓玉推进了后院。

中秋节过十天了，月亮依然很突出，晚霞还有一丝没褪尽，它已急不可待地高挂天空。王学先怕卓玉看不清，"啪"地打开后院的灯，让她配着天光一起看。

"怕啥呀，又不是杀人。我只心痛我的钱。"王学先说。

卓玉发现，母亲与外婆大不一样。母亲对她呵护到变态，从不对她说一句重话，外婆竟凶声凶气把她推进血里。她二十二岁去读博士时，母亲还把她当孩子，亲自送到美国，路上不让她拎一点行李。有次看到公路边有被碾死的老鼠，母亲马上用身体挡着，还捂上了她的眼睛，不要她看见血。

"没用的东西，不像咱工人老大哥的子女。"外婆还在须子啰唆地嘀咕。

卓玉不理她，这才看清母亲随笔集里描写的水缸旁，多了个砖头砌成的一米见方、半米高的窝，铁丝做的窝门大开，里面的一堆菜叶子被染红了。正对窝的屋檐另一头的墙上，挂着个血肉模糊的动物。显然，凶手先在左侧杀死了它，为了把现场弄得更恐怖，又把它血滴滴地拿到右边去，挂在王学先为省下菜场兔子加工费而自制的剥皮钩上。

"比松鼠大……不会是黄鼠狼吧？"卓玉镇定了一下，仔细辨认那头部已经被砸扁的动物，话还没说完，她的天灵盖就被王学先打了一下。

卓玉直接蒙了，这种行为对她与卓玫瑰来说，无异于撕破脸皮了，外婆却打得很顺手，用力还不小，是真打。

她的头更痛了，有点恼火，但忍着。

"你对家里的事，从没上过心。为了这玩意，你跟我吵翻天，现在又说风凉话来弯酸人。我跟你说，一点不幽默。"王学先打完骂完，气得呼哧呼哧的，反身回到堂屋，继续坐在人造革紫花沙发上。

她喝了几口搪瓷缸子里的凉茶，还是气不过，开始大声吼："不要装公主了，老娘没力气跟你斗。快过来，给老娘想想办法。"

一阵风吹来，铺天盖地的血腥气钻进卓玉鼻孔。她打了个喷嚏,突然就进入了卓玫瑰的记忆,想起来了,这不是什么黄鼠狼,而是王学先养的海狸鼠。

二十世纪九十年代初,四川曾经出了炒作海狸鼠的事,几千元买回,养大后两万元一只回收。那是一个庞氏骗局,谁接到最后一棒谁就亏死了,有人甚至为此倾家荡产,当然,也有人在中间赚了钱。到1995年,河北又有人再次复制这个骗局,知道四川那事的人们竟不管不顾,依然拿钱去购买幼崽。王学先也买了两只,共四千块,后来养大了一点,三千元卖了一只给邻居二嫂继续养,自己则打算把剩下的一只养到能卖一万多元时再出手。

这种半途分出部分风险的做法,是王学先在临江路的股票交易大厅学到的。她办了提前退休,离开那个快倒闭的企业后,大半时间都去看大盘。她也没啥钱炒股,每次只买一手两手,涨五毛就丢。股票大厅挤满了她这样的七大姑八大姨,特不孤独。她们每天凑在一起,一边看大盘一边扯是非,中午休息就搭伴逛街,继续扯是非或捡清仓便宜货,股票上一个月挣的小钱刚够在外吃盒饭的。

这种日子让王学先精神焕发,比闷在家里强,做女儿的并不反对。但这次突然养上海狸鼠,卓玫瑰才知道,炒股已经让母亲有了赌性。她记得,自己跟母亲讲四川资阳几年前的海狸鼠骗局时,王学先回她:"你咋就觉得我会是最后一棒呢？我要那么苕，咋就养大你了？我跟你说，海狸鼠跟股票一样，看谁跑得快。我就不信我跑最慢。你晓得不，巷子里的瘫大爷和嘀嘀哒都发财了。瘫大爷养君子兰，中途就跑了，涨了十几倍。嘀嘀哒养七彩野鸡和美国牛蛙，也是中间就跑掉了，把棒子丢给了其他苕货。"

为了发财，王学先整天琢磨，确实也没什么技能与门道，只好炒点小股做零花钱，再养个海狸鼠，一旦出手，就能赚到当时普通国家干部一年的工资。"我不也等于翘起胯子玩，还能挣厂里那些个以工代干婊子的工资了。"不知道为什么，王学先一直看不惯厂里的几个女干部。

卓玉还没意识到卓玫瑰记忆对她进一步的入侵，王学先又在外面喊她过去。

母女二人坐在堂屋，细细把事情捋了一遍。股票下午三点收盘后，王学先用月票乘公汽回来，加上步行，到家一般四点左右。她按照惯例先去看宝贝，不想就看到了血淋淋的一幕。那个时间点，算起来跟卓玉办出院手续时间差不多。

王学先反应很快，马上给派出所打了电话。

片警小李来了，拍了照，做了记录，说回去会好好查查。王学先一看对方神态，就怀疑人家没怎么上心，毕竟死的不是人。而且，她说自己损失四千元的时候，小李还纠正她，只有一千元。原来，梧桐巷的家长里短都在他的掌握中，知道王学先早就说破嘴，诓骗隔壁老实的二嫂承担了三千元风险。

片警小李与卓玫瑰一样，曾反对王学先养殖海狸鼠，也跟她讲了四川骗局往事。王学先什么都不怕，略有点怕政府的人，所以也不敢惹，就说跟打牌一样，赌一把玩。小李只好随了她去，临走告诫她："一旦亏了，要想开些。"

王学先笑着回："把心揣进口袋里吧警察哥，我再穷也输得起一千元，不就是几个月退休金吗？"

有了这些，王学先感觉找小李破案并不靠谱，便一直给女儿打电话。女儿却反常地关机了。

她打到报社经济开发部，大家忙着下班，对她爱理不理的，只说卓主任还没回来，到郊区采访去了。她在电话里哀求的声音又大又急，有个声线稚嫩的小姑娘于心不忍，就夺过电话，告诉她，钱主任应该知道卓主任的宾馆电话号码。王学先求她叫钱主任接电话，小姑娘就说领导回家了。还说他有好几个手机，他们知道号码的那个下班就关机。王学先急得带哭音了，女孩子便安慰她，说钱主任住在马路对面的金豪花园，门牌号不知道，得问保安。

王学先只好匆匆出发，亲自去金豪花园，不想半路那么巧，转车时恰好遇到女儿，一来二去的，前后不过三四个小时，也算雷厉风行。

王学先的看法很鲜明——凶手没把海狸鼠偷回去继续养，也没把尸体拿去红烧，一定不图财，而是嫉妒她要发财了，所以翻进不高的围墙，干下这事，她猜是巷子里熟悉她家情况的人干的。她越说越咽不下这口气，抖狠一定要找出对方，不仅要让他（她）赔五六千元损失费（海狸鼠毕竟长大了很多，不是两千的原价了），还要臊得他（她）无地自容。既然片警不上心，有意消极怠工，她只能找女儿了。

"你赶紧找刑警大队帮帮忙吧！我在报纸上看你采访过大队长。我就不信，他们还找不出元凶。"做母亲的说。

"嘻，哪跟哪呀，那么多大案要案办不过来，你一只不合法的海狸鼠，还想动用警力？真是的，什么都不懂。"

卓玉说完，极度失望地摇着头，然后才发现，自己竟用了卓玫瑰的口气说话。她生于书香门第，谈吐本要平静委婉得多。

卓玉正对自己的变化感到吃惊，家里的座机突然响了。

她走过去一接，才知道楚宝贵的饭局散了，给医院、报社宿舍打电话找不到她，又知她还没补手机卡，就打到家里来了。他说他今天没心思饭后陪客人去夜总会唱卡拉OK了，想跟她见面。

卓玉还没说什么，电话就被王学先一把抢了过去。

中年妇女瞬间发出干号的声音，说："是我的宝贵干儿子吗?是宝贵吗?干妈家出事了,出大事了!快来呀,快来帮帮你的干妈呀……啊啊啊啊……"

对方还想问是什么事,电话已经被卓玉及时挂断。做母亲的用有点敌意与戒备的眼光,看了看目瞪口呆的女儿。

不知道为什么,卓玉突然被投喂了一个记忆,卓玫瑰读高中时,王学先为阻止楚宝贵靠近卓玫瑰,还当众羞辱过他,说他癞蛤蟆想吃天鹅肉。那时,楚宝贵的父亲出事不久,他也不愿放弃大城市户口投奔远嫁新疆喀什多年的母亲,差不多就等于一个"准孤儿"了。王学先竟这样欺负人家,搞得做女儿的寝食难安,卓玫瑰反而比小学、初中时对楚宝贵更好,还跟他一起去看了场电影。散场后,俩孩子步行聊天回家,却被王学先在路上撞到,一言不发就把卓玫瑰拖回家,狠狠打了一顿。

是的,车工出身的王学先一直是要打女儿的。

感觉没过多久,楚宝贵的司机就把他的雪佛兰停到了梧桐巷口。男人一进门就直扑后院,仔细查看现场,比谁都关心那只海狸鼠似的。卓玉正纳闷,楚宝贵又风一样回到堂屋,拿出手机,叫司机小焦赶紧送三千元过来。

楚宝贵道歉说,自己晚饭请客,开了好几瓶八百多元的轩尼诗人头马XO,没剩下多少现金,要王学先凑合先拿着。他说自己先替犯罪分子给赔付上。

王学先胆怯地看了女儿一眼，发现她反常地不反对自己拿人钱了，就客套几句，赶紧收了起来，高高兴兴准备去冲洗后院。她还叫楚宝贵第二天来吃红烧海狸鼠，后者赶紧推辞了，说第二天很忙，还说今晚必须跟玫瑰商量广告合作的事，要拉她出去。王学先赶紧说："尽管谈，尽管谈，谈一晚上也没关系。"

她愉快地送女儿与楚宝贵出了家门，补充说自己一会儿就睡了，叫女儿千万别回来惊醒她，谈完事去报社宿舍。话音落地，她发现女儿不像平日那么敏感了，听出母亲话里的不洁撮合，竟不怼她，只礼貌道了再见，跟着楚宝贵走了。

"怪哉，比平日里苫了一半不止。"王学先嘀咕着，关上了院门。

五 一脚跨进玫瑰的岁月

楚宝贵把卓玉带到雪佛兰旁,刚要开车门,突然说:"你自己摸回家了,看样子身体没事了。要不,咱俩去水井边聊吧?好久不回梧桐巷,有点想水井了。"

卓玉不知道他在说什么,还没开口同意,楚宝贵又补充说:"我觉得海狸鼠这事吧,只是个警告而已,让我们明白他无孔不入,还盯上了你的家人。他要真想弄死我们,就不会放我们回江城。前前后后的事,都是警告。走,去琢磨琢磨怎么接他的条,这些天一直没时间跟你好好聊。"

"你和卓玫瑰有危险了?"卓玉问。

楚宝贵虽觉问法有点奇怪,但以为是汉语言文学毕业生的一种文学表达,也不多想,只点点头。

卓玉一听母亲身处险境,马上紧张起来,二话不说,跟着楚宝贵就往巷子深处钻。其时夜空星星密布,月亮皎洁,巷里大多窗户还亮着，家家的声音隐隐传来。梧桐巷并没有梧桐树，却有月华中如洗的古老石板路。

他俩一边回应偶尔打招呼的夜出邻居，一边径直往巷子另一头走，弯弯曲曲过了五六百米，才看见那个水井。

那是巷尾侧面一个突出的高台，有几级台阶可以上去。高台铺着平整的石板，中间有一个沿口高高的水井，在明亮的月光下看得出它已经废弃不用，被锁上了铁盖子。高台五六十平方米，临外边的一面有人工的台沿，可以坐一溜人。高台下面是缓缓的小山坡，长满低矮的灌木。最妙的是侧面斜逸出大半棵曲线柔美的槐树，金色的月亮正好挂在它旁边，相映成景。

一阵晚风吹来，卓玉一激灵，头突然狠狠痛了一下，然后，卓玫瑰的记忆更多更猛地涌来，像钱塘潮一般。

很多事情，她都想起来了。

她跟楚宝贵并排坐在少时常坐的石板上，心里非常奇怪，想母亲在二十世纪九十年代中期并不怎么上网，她说那时还在用486电脑，拨号上网很费力，连上又断，应该没留下多少网络记录。那么，是谁把这一时期母亲的记忆突然输入她的大脑呢？

直到2057年，各国政府依然在压制"记忆输入"的研究。因为，修改记忆才是真正的杀人。若记忆变了，空有肉体也不算那个人了。

或者，是自己遇到了能改变记忆的神仙？

不不，她还是不信什么穿越或者灵魂附体一说，比较倾向于认为是恐怖组织在增加她的记忆，且不敢减少她的记忆，所以她到达二十世纪九十年代的江城后，没有天真到以为穿越了，然后用自己所知，去帮助人类把材料科技猛地提前几十年。

她不会那么傻。她像做完白日梦一样清醒，尽量在这里忘记自己是顶级科学家，不去思考关于火凤凰的一切。

当然，她更不会像穿越小说写的那样，回到过去就赶紧炒股发财。

从小被母亲教育人生不以发财为目的，令她并不记得历史上股市的牛熊起落。何况，到她中年后，钱已失去意义，与她如今遭遇的狂热完成原始积累的二十世纪九十年代截然不同。二十一世纪五十年代机器人普遍代替人的工作后，各国政府靠对科技企业课以重税来养着全民，基本实现了按需分配的"大康社会"。人到哪消费，智能屋就自动识别身份，从均保账户扣除，普通人简直感觉不到钱的存在。

卓玉一想完，一转头，看着月光中的楚宝贵，诡异的事又发生了。

她感觉母亲的又一大波记忆以及与之相伴的微妙感受

淹没了她。不刻意去想，她都意识不到自己是卓玉了，仿佛玫瑰是她的"人格面具"，卓玉是她的"灵魂"，彼此融合得像每个人的上升星座与太阳星座那么自然。

"你说怎么办？"她问楚宝贵，并且也就一瞬间，不用楚宝贵陈述，就想起了海狸鼠被杀的根源。

一周前，楚宝贵要她去给辉煌集团写有偿新闻，想揽下对方在市里承建的一个大型小区内部广场的水景工程。辉煌集团坐落在城郊的卫星镇辉煌乡，距江城十八公里。到了企业后，人家睁只眼闭只眼，把从没通过国家职称考试的伪记者卓玫瑰当贵宾一样接待，好吃好喝的，还派个文员整天陪她东走西走采访职工。其间，楚宝贵则在跟对方的技术部门商量喷泉的设计方案，一心想拿下这个造价三百万的工程。

有天上午，卓玫瑰按照约定去采访董事长赖大明，后者刚好不在，小秘书就安排她在里间的小厅喝正山小种。不一会儿，赖大明跟一个人一边说话一边走了进来，还关上了办公室的门。卓玫瑰正想起身出去打招呼，已经来不及了，赖大明在要求那个人修改商品砼生产线的电脑数据，以应对ISO 9000系列的贯标。

那个电脑技术人员有点害怕，怕查出来坐牢，赖大明便重音喊他小名"狗蛋"，说不要成了高工就忘记表叔了。他说自己有办法让专家组装马虎。他还说十万元的辛苦费已经到了狗蛋的账上，如果辉煌集团的商品砼公司成为江城建筑业第一个贯标的，企业就会发更大的财。他说有人已经许愿，一旦拿到这个资质，正在建设中的江城斜拉大桥，会掰出部分辅助小工程，二级承包给他。

"表叔要是再上一个台阶，就把你请来一起发财，配点干股都可以。"赖大明刚许诺完，就感觉到了内厅有人。他赶紧送走狗蛋，关上门，一进里间，便跟卓玫瑰两人对上了四目。

双方都不知道说什么好，毕竟秘密太重大了，还牵涉了上头的贯标专家。卓玫瑰手足无措，不知道该干吗，赖大明却说："通知楚总，下午来签合同。"

卓玫瑰刚走到门口，赖大明又把她叫了回去，想了想，说："卓记者，你也是成年人了，晓得祸从口出。有些事情牵涉了集团上千人的饭碗，这些人要没饭吃了，一人吐你一唾沫，也会把你淹死，明白吗？"

身高只有一米六几，跟喜剧演员潘长江长得非常像的赖大明，站在逆光中，显得威风凛凛。

"我明白，明白的。"卓玫瑰吓得一路小跑。

她听见赖大明在狂喊小秘书的名字，她想她会害得人家丢了饭碗。

卓玫瑰刚回到招待所，楚宝贵就来了。他见她不停发抖,脸色苍白,以为她打摆子了,要叫120,卓玫瑰制止了他。楚宝贵看她神色蹊跷,便一再追问。她不说,他就不依不饶的,变着花样套话,特别像他小时候的外号"盆巴子",也就是土话说的那种八方打听、爱管闲事的人。当然,他创业后刻意修炼,不再话痨,学会了倾听与言简意赅,也不知道是哪位高人指点了他。

卓玫瑰到底是个年轻女子,扛不住男人的若干语言陷阱,就把事情一股脑儿跟对方说了,还求他保护她。

楚宝贵真是一惊一喜。喜的是因祸得福,可以马上签约了,惊的是卓玫瑰说给他听,等于把他也拉下水了。但他马上又反应了过来,跟不跟他说,赖大明也不会认为他不知道。前几天赖大明还在酒桌上开玩笑,说他看卓记者眼神不一样。他想到母老虎般的女友蔺春华,赶紧撇清,说自己与卓玫瑰亲兄妹一般,并无其他。"那就更亲了。男女关系总有完蛋时,兄妹才是一辈子的。"赖大明一边大笑,一边给他们斟酒,然后转动玻璃转盘,要他们尝新采的蒿芭。当时酒桌上还有赖大明的另一个朋友,江城知名服装企业红翡翠的老板夏鸣笛。那秀秀气气的男人也跟着笑:"脸红了,脸红了,好久没看见姑娘伢脸红了,好稀奇呀。"

一念至此,楚宝贵吓出一头冷汗,幸好卓玫瑰跟他说了真相。若蒙在鼓里被赖大明怀疑,防不胜防,其实更可怕。

末流高中毕业的楚宝贵能白手起家，挣到如今的二百来万，还经常去参加市经委的民营企业家恳谈会，也不是吃素的。江城只有几百家民企有幸被市经委重点关注。他想了想，定下心来，安慰了发小，就无事人一般，赶紧去准备合同条款。下午谈判时，他在赖大明脸上没看出任何异样，心中不由得佩服不已。

不想事情又变了，傍晚一回招待所，他就发现卓玫瑰被人打晕在了房内，她的手机与录音笔都被人抢走了。楚宝贵一瞬间就明白了，赖大明还是不放心，怕卓玫瑰录了音，上传到网上或者打电话跟人讲了，所以都等不及晚上，白天就急吼吼地下手了。

招待所是辉煌集团内部的，没有电脑，也不能拨号上网。楚宝贵想，如果查到录音笔没录音或手机没有拨出电话发出短信啥的，赖大明应该放他们走。

卓玫瑰在镇医院治疗脑震荡那几天，辉煌集团的副总假模假式来慰问了一下，还问需不需要报案。楚宝贵明知是他们干的，赶紧说，不敢不敢。副总便说董事长出差了，不能来看卓记者。

赖大明果然没有再见两人，也没阻止他俩回江城。

后来，卓玫瑰在镇医院病房讲述了楚宝贵下午去签约那会儿，俩陌生男人闯进她住处作案的要点。他们连墨镜、面罩都没戴，特别猖狂。他俩进门后，一个捂住她的嘴，另一个去翻她的包，拿出手机和录音笔就想走。卓玫瑰拼了命推开控制她的人去抢。她没跟楚宝贵说，手机里有她发给曹一山的比友情多一点、比爱情又少一点的各种问候。虽受手机功能所限，每次只有一句两句，但司马昭之心一看皆知（唯曹一山碍于师生关系，揣着明白装糊涂，回复得客气又亲切，有时口气甚至把她当孩子），所以她当时羞愧无比，好像要被人看到内裤里面了，疯了一样保卫自己隐私。拿着手机的男人被她折腾得不耐烦了，顺手抄起一把折叠椅，错开铁管部位，用复合坐板微微凸起的背面把她打晕了。

楚宝贵听了，用从没有过的命令口气对她说："以后、永远，遇到坏人不要保护自己的财产，甚至……"他想说连贞操都没命重要，但没说下去。

几天后，副总依然说赖大明在外地出差，连帮忙找出那两名男子的假话都省略了。楚宝贵见卓玫瑰基本恢复了，怕做车匪路霸起家的赖大明想一出是一出，再次激化矛盾，就赶紧带着她回了江城。不想刚进外环，卓玫瑰又在车上昏了，他便把她送到了好友姜医生那里。

"赖大明这个人，到底只读了个高小，性格也不是特别理性，全靠着聪明加胆大起家。这次叫人杀掉干妈的海狸鼠，估计又是摔了不痛爬起来痛，疑心病犯了。就像那天，他不当场叫你交出手机和录音笔,下午却后悔了,叫两个大汉来抢。我们确实应该去说服他相信我们,不要想一出是一出的。"楚宝贵说。

"可他的确是在犯罪啊,我一个记者,不能同流合污。"卓玫瑰突然说出这样的话。

"你还是那样清高。你看看现在的社会,灰色收入无处不在,上头睁只眼闭只眼。你琢磨过那句话没有,'不管白猫黑猫,抓到耗子就是好猫'?"

卓玫瑰就说:"你理解错了。我认为这句话的意思是解放思想,而不是允许藏污纳垢。"

"那你想怎样啊?!去举报,去死磕?我可不想陪葬。"楚宝贵有点不快。

卓玫瑰瞻前顾后想了想,说:"我想起赖大明就浑身发寒,不愿意再见面求他放我一马。我还不信,朗朗乾坤,他真敢杀我。既然他有狗蛋那种高级人才,应该破解出来了,我没录音,也没往外打过电话,还不值得他下手吧。"

"也倒是,你又不是他乙方,跟他也不在一个行当。"楚宝贵酸酸讽刺道。

这句突然点了题。

卓玫瑰明白了,楚宝贵的未来要被赖大明拿捏了。辉煌集团干这么大,据说固定资产估值七八千万元,在1995年的江城，算得上民营名企了。它在建筑行业盘根错节都是关系，踩死楚宝贵小小的"宝贵水景喷泉研究所"根本不需要太大力气。一念至此，她惭愧起来，表态说："宝贵，我也不是真的鼻子很蛀，不通人情世故，到经济开发部工作后，也见了形形色色踩着线发财的企业。我明白，不是自己去死一回就能挽救社会的。这可能也是各国繁荣之初的必由之路。我知道，赖大明这么大的企业家，能通天，不是几句话就能搞倒的。"

"那你想怎样呢，我伟大的记者同志？"楚宝贵的语气已经有点恼火了。

卓玫瑰站起来说："你想怎样解决，就怎样解决。从此刻起，我忘记这事了。我成哑座，还不行吗？"

她说完，忆起椅子砸下来那一瞬间的惊恐，泪水不由得涌起，感觉自己在世间完全是孤军奋战。她转身就往巷子里钻，楚宝贵跟上来说："也好，你把秘密埋进土里，不扯我后腿就行。我冲到第一线去帮你摆平，谁叫我是你的'保护神'呢。"

卓玫瑰一愣，想起这是她小学时颁给他的称号。她站住，回头看着半明半暗中的他，想说"走出梧桐巷后，你在江城也不算多大个麻雀"。

她终究没说出来。

六 她可不能跟自己父亲上床

那个压力颇大的秋夜,楚宝贵的大运已经悄悄来临,他却恍然不知。

卓玫瑰搭雪佛兰回到报社单身宿舍后,通宵辗转反侧,难以入眠。此后,她唯有在夜深人静时,通过冥想,才能够清晰意识到自己是卓玉。到了白天,好像有股神秘的力量在牵扯,她如梦虫般全心全意演绎着母亲的青春岁月。

白天心里放空时,也会有谁在那遥远地方,轻轻对她说:"你还有另一个灵魂。"但那声音总是一闪而过。

当天晚上,她捕捉到自己另一个灵魂卓玉后,突然想到,如果真是高级文明令她回到二十世纪九十年代中期的,会不会还有别的目的?比如,与火凤凰无关,而是为了遇见自己的亲生父亲。

这是她母亲除外婆外,闭口不提的另一件事。为了讨好母亲,她也从不追问,并自我麻痹地表示并不关心。

确实,这么多年了,她从没仔细去想过"谁是自己父亲",这会儿一琢磨,却吓出了一头大汗。

从目前的迹象来看,母亲比较亲近的男子,只有曹一山和楚宝贵。按自己的出生日期看,母亲应在1997年深秋或初冬怀上了她,也就是说,从现在开始,只有两年左右。可卓玫瑰的人生里很难再冒出别的男人啊。

假若她这次回来,以母亲之身,去与自己亲生父亲(曹一山或者楚宝贵)恋爱,制造出了她自己,岂不是乱伦吗?

她可不敢深入知道父母的床帏细节。

这一回,她真是惊出了三魂七魄,告诫自己必须在以后的日子如履薄冰。可若守身如玉,错过1997年秋冬,会不会未来的世界就没有一个她出生了呢?

真是进退两难啊。

她只能再次寄希望于不是穿越了,是肉身躺在恐怖分子的手术台上,被人输入母亲的记忆,或被催眠,进入阿卡西记录,接驳了母亲的记忆。

她承认,火凤凰前身(Q材料)的密码母本,确实跟母亲有关。二十世纪九十年代的岁月里藏着它。

如今,她绝不能在二十世纪九十年代的梦里把它重新翻出来。

更奇怪的是,Q材料并不等于火凤凰,后者的密码不知道需要多少人闯多少难关才能拼合,就跟核弹一样,哪怕元首也不能一按就发射,有复杂设计的相互制约的安全机制,连身为主导研究者的她都不知道火凤凰的密码。

SKT南辕北辙,费这么大劲在她一个人身上,究竟想干什么呢?

思来想去,她对乱伦的担忧,反比担忧火凤凰的泄密大得多了。

因为火凤凰根本无密可泄。

一夜焦虑,似睡非睡,早晨起来,卓玫瑰肿着眼皮,端着塑料小脸盆,内装毛巾牙膏牙刷,去楼道尽头的公用盥洗间洗漱。

这是一个旧式筒子楼,家不在本地的单身男女职工一人一间。她在过道上对同事微笑点头时,发现大多数人对她爱理不理。这时她才想了起来,那些人都是有正式编制的,都在等着不远处的新宿舍楼完工后,分房脱离这里。按报社规定,临时工是不能住单身宿舍的,全凭钱主任帮她争取到,理由是她为副主任。可这副主任不是靠绩效考核来的,是钱伟健自己任命的。

报社人对她和钱主任的关系颇有些流言蜚语,所以,有编制的就更看不起她了。

卓玉一边沉浸式刷牙，一边又电光石火般意识到了自己的真身，想：原来母亲一直都挺不容易的啊。想着想着，竟流了眼泪。

她赶紧埋下头，以冷水浇面。

到了办公室，卓玫瑰跟那个宠她的钱主任说，不想再去辉煌集团采访了，愿把提成分一坨出去，让别人继续干。钱主任也不反对，说："也好，还有好几个事等着你呢。"他建议她去台商协会采访，他们那个合同也签有一些时间了。卓玫瑰刚要点头应允，钱主任突然色眯眯笑了，说："台商的套路更文明。赖大明那种乡巴佬，说不定霸王硬上弓。你老在那里采访，我也不放心。嘿嘿。"

卓玫瑰脸一红，嗔怪说："主任，你这玩笑开得大了。"钱主任就说："不大，还有更大的。"卓玫瑰以为他要说出什么不得体的话，不料他却下了台阶，说："我们全部门的男同胞都不放心，你说事情大不大？"卓玫瑰只好笑了，想对方不愧是资深记者转来干第三产业的，倒是个泥鳅一样滑的人，不着痕迹。

当初，卓玫瑰分到比辉煌更远的梨花镇教书，心有不甘，停薪留职回到家乡下海，在人才市场的摊位遇到钱伟健在招人，几分钟就填表入职了。其实她也不那么漂亮，钱伟健偏偏对她青眼有加，不断让她破格升级。有时候，钱伟健还会自掏腰包请她吃饭，但从不单独请她一个人，总有其他一二个下属轮流陪吃，当电灯泡。钱伟健在报社周围的小饭馆里，一步步地、系统地向卓玫瑰展示了自己的"羽毛"，也就是他哲学硕士毕业的知识谱系，以及他未来想要写的书的大纲。但他从不展示自己的"肌肉"与"骨骼"，比如，因为承包这个部门，通过打假来敲诈企业，他比一般记者富裕得多，拥有的资产已成讳莫如深的秘密。再比如，能够得到这个肥缺的隐秘原因，是他有个出身官宦家庭的妻子。他是个赘婿，原生家庭在山区，前途全靠老丈人，所以他不敢主动追求卓玫瑰，怕万一不成，落下把柄，打翻一切。可他又不甘心，总希望卓玫瑰主动投怀送抱，反追他。卓玫瑰也就落得个装糊涂，假装不知道他那点小心思。即便因为暧昧的第四类情感获得了工作上的便利，做了副主任，万事被开绿灯，卓玫瑰也厚脸皮地不主动。毕业被"发配边关"后，重回家乡的她已不如少时决绝，也不清高了，不像后来被她保护起来不被社会污染的女儿。

她闺密鲍菁菁，也如其时还没出生的卓玉一般，一直活在象牙塔中，所以对卓玫瑰委曲求全的做派颇有一番腹诽。

几月前，鲍菁菁甚至说她："我今天听人说，江城有群假记者，哪里有新闻发布会就赶去哪里，拿两三百元红包，蹭顿饭，又不发一条简讯。人家提到的名字中，竟然有你。人家说，钱不多，主办单位也不好拿你们是问。你真好意思吗？你不是大学时那个你了。"

卓玫瑰则反唇相讥，说："是呀，我大学时太天真了，以为会回到市里，会分配住房，哪知道被发配乡下了呢？我想买房，想有自己的独立居所，所以我改变了，觉得钱也不错了。不像你，生来什么都有，站着说话不嫌腰疼。"

这话算是说到点子上了，鲍菁菁去江城师院中文系读书，是为了提高文学修养，并不为了文凭与就业。卓玫瑰在梨花镇那个老庙改成的学校里被臆想的"鬼"吓哭时，前者又拿到了成人委托培训的名额，进入了江城音乐学院，学声乐。

鲍菁菁让卓玫瑰第一次知道了，读书可以仅仅是一种生活方式，与别的无关。她说她喜欢校园的单纯，想读一辈子，还要读到外国去。

两闺密互相揭短后，一周互不理睬，后来扛不住，又和好了。毕竟大学四年，她俩曾形影不离，这种交情，也不是说完就能完的。

接下来几天，卓玫瑰一直在台商协会采访，很快给对方写了一篇四千字的有偿新闻。会长姓詹，是个戴着金丝边眼镜的洁净中年人，与王学先老在家里叨咕的"专包二奶的台商"颇不类似。他在美国读完圣母大学，浑身精英范，从头到尾彬彬有礼地接待她,言谈中还爱夹杂文言文和英文,请吃饭也是在向日葵国际酒店二十八层的旋转餐厅。他邀她一边切着牛排闭嘴小口咀嚼,一边喝着红酒俯瞰江城夜色。旋转餐厅远远的小舞台上,有几名穿着白色晚礼服的年轻女子拉着大提琴,婉转沉吟的曲调更加强调了氛围的端庄,确实跟辉煌大吃大喝、闹闹嚷嚷的格调很不一样。临走,詹会长突然入乡随俗地塞给她一个红包,感谢她写得好,反比乡镇企业更懂人情世故。卓玫瑰自然来者不拒。

回到宿舍,卓玫瑰赶紧拿出红包数了数,整整十张百元钞,相当于江城普通文员两个月工资了。

那段时间,卓玫瑰对钱的感觉确实很矛盾。之前说到,她在《玫瑰或金》里面写道,自己直到大学毕业,还被王学先长久密集的拜金唠叨弄到逆反了,心里有点排斥金钱。可两年乡村教师经历,却比在梧桐巷被母亲整日唠叨更可怕。全镇闲坐在家门口扯是非的妇女特别注意她的一举一动,一从街上走过,就指指点点。她能从她们眼睛里看出莫名的敌意。后来听一个学生说,他爸爸要他妈妈剪卓老师那种发型,被他妈妈扇了一耳光。

妇女们看出她孤立无援,上头也没什么关系,还拿出架子不招呼人,不接地气,更重要的是把全镇不少男人的心都偷走了,就越发恨她。她们不仅通过裙带的关系怂恿教导主任给她排很重的课，怂恿管后勤的把漏雨房子调换给她，还制造出她表面正经内在轻浮的谣言，令地痞都想来纠缠她了。校门口从不刷牙的貌似老实的中年小摊贩，也看她色眯眯的。

至少她是这样疑神疑鬼了。

她是唯一来自大城市的女性，而镇上的女子则相反，就靠考上大学来进入城市。这真是讽刺。她没有关系调回城里，寒暑假又想躲着王学先，每每回家一周就借口有事返校，在几乎无人的校园里，回忆自己哪里得罪了管分配的大学校长。

问题没有答案，似乎那些个师院领导从来就没注意到她。或许只是随手一插她的档案罢了，就像人类踩死了一只蚂蚁而不自知。于是她不回忆了，开始病急乱投医，所托非人地用光了可怜的积蓄，还负了点债，偏偏就是不把苦楚告诉闺密，也就是行长的女儿鲍菁菁。

她不知道自己为什么凡事最不愿求助的，恰好是最亲密的鲍菁菁。

两个学期过去后，她才知别人根本没把她拿出去的两千元送到江城教委主任那里，而是辞职跑到南方去了。也许对方搬家安家正好用了她的贿赂款。

"那个小虾米怎么能接触到江城教委主任那么大的官？

你真是好骗。"同宿舍女教师的嘲笑让她大哭了一场。

是的,从毕业开始,生活的炭火就落到脚背上,她再也清高不起来了,想去同流合污一回,不想竟堕落无术,被更堕落的给骗了。

鲍菁菁要来梨花镇踩青,被她断然拒绝。她找了若干借口,只许她在江城等她回去见面。对于鲍菁菁,她不像女人惯常待闺密那样当个树洞,无限倾诉。不,她只报喜不报忧,最不愿让对方知道自己有多狼狈,并且,她反过来努力做鲍菁菁的树洞,让后者离不开她。

某个周日,同寝室的女教师回家去了,她不小心八点后喝多了水,半夜被憋醒后,不敢一个人打着手电筒去操场边的厕所。她便一边在脸盆里撒尿,一边哭着想,只有狠心放弃十几年寒窗苦读换来的"铁饭碗"下海去,才能重回城市。

"就当读四年大学,把户口从江城读掉了吧。"她安慰自己。

"南方地区工资比内地高得多……"她跟母亲还没说完,后者就拿出一根打包带,说只要女儿敢去南方,她就在家吊死。

王学先说:"你忘了呀,春华那些个脏钱,就是去南方挣的。巷子里的人把所有去过南方的女子,都叫作'南下干部'。哦哟,这名字刻薄啊。你难道也想让我在巷子里抬不起头来?

再一个,你父亲走这么多年了,我就指望你养老。你逃到天远地远去后死了,我血滴滴生下你,一把屎一把尿养大,不是亏大了?你敢打掉我的养老算盘,我就跟你同归于尽!再说,要挣钱,哪里不能挣?人家春华不是都回江城当老板了吗?"

母亲这段话连珠炮一样快,根本不容她插嘴分辩,而且话里各种自相矛盾,既鄙视春华过去的钱,又羡慕春华后来的钱。可没有过去的钱,春华又哪来今天的钱?但不论如何,卓玫瑰知道,自己是去不成南方了。

她停薪留职回到江城,发现正儿八经应聘个文员,甚至办公室主任啥的,月薪也不过几百到一千多,刚够拮据地通勤加买点衣服。江城师院中文系的毕业生,没啥专长,最好的发财渠道就是到需要写文章的报社去跑业务。好赖报社给个自制记者证,到外面说起来也好听,她便毫不犹豫地去了。何况,她确实听说有些干有偿新闻的,胆儿肥的,几年下来已经买房买车,或者单开公司了。

七　一件短貂引发的决裂

楚宝贵有天给卓玫瑰发了个短信,说事情都解决了,把心揣进口袋里吧。

她猜到是说赖大明那个事,却假装不记得了,发短信问什么事。楚宝贵一直不回复她,从白天到晚上都没音信。她反而心慌起来,中途打了电话,不想他竟关了机。

到了晚上,他才回话说,在外地出差,忙工作,说赖大明不是他们想的那样,以后聊。

她想是不是楚宝贵天真了,被赖大明哄了,但又想,他应该比她更有社会经验。她就一块石头落了地般,去夜市买了几双新潮的袜子,故意不坐巴士,沿着马路边,慢慢走回来,想着心事。

她到宿舍已是晚上九点,却看到房门虚掩有光,不由心里一惊。

蔺春华坐在床边，像在家一样自如，对推门进来的卓玫瑰举着手里的一张身份证，说："你忘记了，这种老式锁，用身份证一插就能开。初二时，咱俩用这法子半夜进了教务处，偷过期末考试的试卷。"

"是你插开了教务处的门，不是我。"卓玫瑰赶紧反驳。

蔺春华站了起来，说："对，你在楼道放风，插开教务处门的人是我。"

"我不需要试卷。"卓玫瑰杵她，想对方不会忘记自己是优生，不怕考试的。

"好吧，让我抄你作业，为我偷试卷放风，算你这辈子为我做过的两件事吧。"蔺春华讥讽道。

卓玫瑰愣住了，一时真想不出自己还为蔺春华做过别的什么，但对方却为自己做过很多，像个跑腿的，还像个保安，冬天手冷用肚子给她焐着，夏天看到斜坡边有朵野花她喜欢，竟不顾危险下去帮她采。

可以说，蔺春华十几年来为她做的小事，比电影里的痴情男主角还多。不过生活平淡，没有给她为她拼命的机会。

卓玫瑰的脸默默红了，蔺春华却已经走到距她一尺多远处，眼神有点轻蔑地死盯她。她不再是少时怕她的跟班了，反而有点俯视她的样子。

蔺春华继续说："你最大的优点是会撇清，最大的缺点是总将自己装得高贵。反正到最后，低贱的都是我们这些人。"

"你可真会血口喷人。"卓玫瑰被对方浓烈的香奈儿五号冷不丁侵袭了，那是江城企业家太太们出境旅游时最爱带回来的东西。她憋着气，不想闻香味里裹挟出来的肉味，转身假装去挂自己的挎包。

蔺春华不依不饶，追过来，继续用肉香萦绕她，说："是吗？我诬陷你了吗？这些年你不是一直在跟我撇清吗？我很无辜啊，我究竟干了啥对不起你的事？"

这话点题了。

她俩从闺密变成互不理睬，蔺春华确实没做过什么对不起她的事，就是不知道从何时开始，卓玫瑰总是在一点点躲开她，想划清界限。

"人不要糊弄自己嘛，想显得高贵，本身就是一种不高贵。"这句有点格言味道，完全不像只有初中文化的蔺春华说的。

卓玫瑰曾听人说，蔺春华宣称，别人读大学，她读男人，还说每个成功男人都是宝藏，比三流大学强太多。卓玫瑰听到后想，她也许是在影射她，毕竟江城师院只是地方大学。

一念至此，卓玫瑰才会到，今夜虽冷，但蔺春华穿短貂似乎早了，不当季。

直到两年后她才明白，蔺春华穿的是战旗。这是后话了。

卓玫瑰大一时，蔺春华也曾穿这件江城罕见的棕色短貂来学校看她。

卓玫瑰感觉，那天的蔺春华特别像日剧《血疑》里贵气的大岛理惠，恰好剪的也是大岛理惠的齐刘海儿波波头。这种完全不同于梧桐巷女子的气质，让卓玫瑰发自内心欣赏，并觉得颜面有光。

她带着发小去食堂打饭，让她站在队伍外等着，不想却突然听到几列队伍前后左右的女生在嘀嘀咕咕："快看啊，穿这种短貂的都是'鸡'，听说要五六千元呢，好人家的女子哪里买得起。"卓玫瑰听了，想到巷子里那些流言，脸上一下挂不住了，端着空碗，目不斜视就往食堂外走，搞得蔺春华一头雾水。

她对追上来的蔺春华说，去校外吃。不料蔺春华不肯，说好不容易来次大学，就是想体验下学生食堂，圆个假大学生梦。她硬是不出去，卓玫瑰劝不住，只好一横心，走到一丛灌木后面，拉脸了，说："要吃食堂你吃，反正我不吃了。"

卓玫瑰说完就往宿舍走，并且撂下话："我还有事，你先回梧桐巷吧。"生怕蔺春华上来与她并肩。后者出去打了工，长见识了，竟也不再像小时候那样不懂看脸色，默默站了会儿便走了，没追到宿舍来。

那是她俩关系逐渐冷淡后的又一次断崖式下跳，有点撕破脸的意思。

也不知道蔺春华会到发小突然不招待她的原委没有，只是从那个冬天开始，她就不回南方了，在梧桐巷偶遇卓玫瑰，也抛弃了残存的客气，说话总带点弯酸，似乎想激怒后者。卓玫瑰忍耐着，从不被她激怒，远远看到便绕道而行。

她听母亲说，蔺春华拿出一笔钱，开始在家乡创业。她不知道通过什么后台，弄到了几十个出租车的标的，租给那些自己花钱买车的司机，组成了一个出租车公司，每月坐着收管理费。王学先又是感叹又是羡慕又是批评地说："巷子里的曾鼓眼也加入了她公司。听鼓眼妈说，本来十四五万元买的神龙车，最后花了二十二万元才办下营业资格，还每月要交租子给春华。你说，标的咋那么重要？为啥只有蔺春华这种人才能搞到？她也不自己买车，就成了大老板，这不是旧社会剥削人的资本家吗？天哪，这世道……"

王学先还没唠叨完，卓玫瑰已经跑出了家门。

她不知道蔺春华独独选择此刻衣锦还乡创业，与她对她的轻慢有没有关系。是的，她后来也觉得自己过分了。也许，她是怕曹一山觉得她交友不当而怀疑她的纯洁吧？她那时暗恋曹一山不久，铆着劲阅读写作，试图吸引他的注意，为自己策划的形象是"又文艺又冰清玉洁"。当然，她也可能是怕同学们看不起自己。总之，她真的不知道自己为啥对好心好意来看她的蔺春华那么绝情，而之前三四年，她不过是在对方回来过春节时有点躲她，躲不开就寒暄几句，再借口有事匆匆离开，好赖还存着一分薄面。

蔺春华被她在师院赶走后的第二年春末，就在江城当老板了，两件事情，谁是鸡谁是蛋，或者本身并没关系，不得而知。但卓玫瑰此刻看到这件貂，有点明白了，蔺春华还是上了心，今夜是故意穿它而来。

犹如大战在即，本质并非软柿子的卓玫瑰吓了一会儿，反而豁出去了，定下心。

她坐下来，示意蔺春华也坐，然后稳稳地问："蔺老板找我有何贵干呢？"蔺春华不绕弯子，说："不是我找你。有人让我上门来，请你去做董事长助理。"

这一说开，卓玫瑰大吃一惊，赖大明竟然想邀请她去做他的助理。难道，他怕她说出修改数据那事，想把她放在眼前，捏在手里？

她马上想起不久前有新闻说，外地有个商品砼老板杀人，竟然把人弄进了搅拌车，混着水泥一起打进了大厦的地基，残忍恐怖到闻所未闻。

蔺春华见她那样，似乎猜透了她的心，就一笑，拿出一支江城淑媛圈流行的走私摩尔烟，一边抽一边说："宝贵咋的啦，他没跟你说他跟赖大明好好谈过了？赖大明，不，董事长根本就不在意你那破事,而且,他还不一定用商品砼公司来先贯标呢。他有的是公司,陆陆续续个个都会贯标。"

卓玫瑰愣住了,半晌没说话。

蔺春华又抽了几口烟才说:"对了,宝贵去外地做工程去了,估计他还没来得及跟你说这件事。咱们小家小户的娃,港片看多了,全都把董事长想错了。干大事不能靠打打杀杀,更不能靠杀一只海狸鼠。"

说到这里,蔺春华自己都控制不住了,扑哧一声笑出声来。

"看上去你挺崇拜他?"卓玫瑰有点讥讽。

蔺春华愣了下说:"对,对呀,你不点醒我还不晓得,越接触董事长,我越佩服。可以说,他是我今生遇到的最值得崇拜的男人。"

卓玫瑰想问那楚宝贵呢,你把他放在哪里?蔺春华小时候对楚宝贵确实有崇拜,这么多年过去了,目测她如今是反压在他头上了。卓玫瑰不作声了。

蔺春华继续做赖大明要她做的事。

她说:"挖你过去这事啊,与你之前担心的那个破事,真的无关,但你不懂得保密的话,也会被人撕烂嘴巴……哦,看你脸变的。对不起,我吓着你了。言归正传,是夏鸣笛多事,老跟董事长说,你在辉煌遇到他,跟他谈过什么CI企划啥的,说企业要怎样搞才能洋气,才能撑起门面。老夏把你说的话当论据,硬是说服辉煌给员工做了春夏秋冬的工作服,人均四套,两千多元啊,企业与员工各出一半钱。这个老夏,真是连麻雀都能哄下树。董事长被老夏赚完钱后,对你越发上心了,听说你每周还去听MBA的课程……"

"他把我的行踪搞这么清楚啊?"卓玫瑰插了句。

蔺春华又笑起来:"别想多,你真不值得董事长把你怎样,倒是连累了宝贵。乙方本来要看甲方脸色吃饭,却被你节外生枝……唉,不说了。总之吧,你被人砸,是自己太拼命,让办事的失手了,与董事长无关。那天下午签完约,董事长就飞去上海了,不信你问问夏鸣笛。那一个星期他都没见着他大哥,全靠电话死死纠缠人家做制服。你家的海狸鼠,更不可能是他们干的。他们只干大事,你应该懂哈,这里省略一万句。想想啊,你妈那个嘴,在巷子里得罪的人还少吗,谁不想搞死她那海狸鼠?"

"你妈的嘴也不咋的啊。"卓玫瑰马上怼回去。

"女工都有点苕,咱们不谈她们了。说真的,还是那句话,董事长摊子搞这么大,啥恶人没见过,别自作多情了,你连做对手都不配。他有雄心,要干大事,路还长着呢,哪会掉进小水凼子,别把我笑死好吗?他是真的想提升乡镇企业的格调,上一个台阶。最近他到处不计前嫌地挖人,不单是你,要挖几十个呢。你不要翘尾巴。"

这一说,卓玫瑰想起那天,赖大明也在挖设计院的狗蛋。

蔺春华说完,拿出卓玫瑰的手机与录音笔,摔到床单上,昂首就往外走。

"半个月内回话,究竟去不去辉煌,把CI、内部管理,对了,还有贯标啥的,全部搞下来。人家董事长来头大着呢,区长局长都让他三分,你这个级别还轮不到他亲自来求你,我就代表他了。待遇嘛,一定比你在报社好得多。你要去,就给我回个话,号码输进你手机了。你不去,就不关我事了,反正我也算说破嘴皮,尽忠了。"

卓玫瑰一横心,追出去问:"为什么赖大明单单选你来劝我?你跟他啥关系?"蔺春华停住了,转过身说:"呵,稀奇了,你不晓得我也是研究所股东吗?你不晓得大多数工程都是我牵线的吗?包括辉煌的。我跟董事长老相识了啊。"

卓玫瑰愣住了。

她因为危机感,去听"水货"MBA周末班,但她对财务与数字,天生并不敏感。她从没算过,楚宝贵1989年借款两万起家,在服装批发市场后面疯狂仿冒名牌的黑作坊的收入,是否够1993年冠冕堂皇地在高档写字楼租办公室,启动"宝贵水景喷泉研究所"。不经蔺春华点醒,她没发现楚宝贵做研究所的资金与业务渠道都显得太突兀，仿佛一夜之间就有了，原来，是她在暗中托举他。

　　难怪，从六七岁开始就爱慕她的楚宝贵，在她被分配去乡镇做教师那两年，也就是他们共同的二十二岁至二十四岁，突然从作坊主变成了搞水景艺术的企业家，还成了蔺春华的男友。

八 命运好似暴风骤雨

接下来的时间，卓玫瑰自然不给赖大明那事回话。蔺春华也不联系她。

报社经济开发部没底薪，员工年收入一般在零到二三万元，个别人偶有横财，端看另搞活动的绩效，并不是版面提成。算本地王牌的晚报，是等客上门的主，给业务员提成很少。广告大客户都是钱主任的关系，像楚宝贵这样硬要找卓玫瑰签单的极少。前面讲了，钱主任主要靠这个平台搞些明的暗的事。所谓经济开发，是包罗万象的，哪怕请一群老艺术家来江城演出，他们部门也可以承办。钱主任一直暗示卓玫瑰，跟他再靠近一点，可以做些更深入的业务，年提成也许从小几万元到十几二十万元不论。卓玫瑰不接条，保持沉默，或顾左右而言他。

采访辉煌时，她早知该集团管理层待遇。那个假惺惺来探望她的副总就拥有别墅、豪车以及三五百元一天的差旅补贴等，另加工资与干股分红，一年好几十万元不论。而董事长助理的待遇，应该跟副总差不了多少。

前一个董事长助理是赖大明死去的妻子的妹妹秦花，因为她太爱管赖大明的闲事，被发配到财务部去做总监了。据说那小姨妹，最怕姐夫找新太太，分走外侄（甥）们的遗产。员工们私下说，秦花是集团的半边天，不停越界，管得很宽，一点事就训人或者扣工资，好像是她的企业似的，平日里得罪人不少。他们刻薄地说，可惜她有家有口，否则都自己上位成女主人了。

一念至此，卓玫瑰更不敢去了。前有赖大明，后有小姨子秦总监，真怕几十万元没赚到手，还被弄得里外不是人。何况，那一椅子砸下来的余悸犹在。

决心不跳槽的卓玫瑰来到单位，还没坐下，钱伟健就把她叫进了办公室，还让她关上了门。

当主任的起身亲自给下属泡了杯茶，端过来跟她一起坐在沙发上，显得有点不同寻常。他压低声音说："玫瑰，有个任务要交给你，也只能交给你。"

卓玫瑰睁大眼，静听下文。钱伟健就问她："你知道大江区炸了栋刚完工的楼吧？"卓玫瑰说："谁不知道啊，不就是江对岸那个二十层的财神大厦吗？本来要修成大江区的地标的,突然歪了,只好炸掉,老百姓都在议论呢。"

"他们怎样议论的?"钱伟健问。

女记者想了想,说:"一、糟蹋那么多钱,可惜了;二、定点爆破,第一次听说,可惜不许靠近看。住附近的人有眼福了,可以远远看个稀奇。"

"这些小鸦小雀,从来抓不住重点。"钱伟健摇摇头。

卓玫瑰一惊,又睁大眼看着他。胖胖的钱主任就说:"我们应该关心的是为什么会出这种事。"

卓玫瑰就说:"报纸不是报道了吗?选错地址了,建在了流沙层上,所以一完工就有点倾斜,不得不炸掉。"

"说得轻巧,吃根灯草。你都在报社工作了,还只会看字面意思,太年轻了。"钱伟健站起来,坐回自己大班椅,处在逆光中,继续跟卓玫瑰交谈,"当然,你不是真正的记者,没有那个新闻素养,所以你看不出。这么大的损失,可谓特大事故,为什么只有两个报纸简单发了'两块豆腐干',而且,还不许外地记者报道,据说连《焦点谈》都被拒绝了。炸楼的时候,《焦点谈》只好派人在很远的楼顶拍了点不太清晰的画面,语焉不详地做了一期报道。"

卓玫瑰不知道他要说什么,像等着被雨点二次打的花儿一样,愣愣发呆。

钱伟健仿佛是轻轻笑了声,把脸沉到更深的阴影里说:

"这栋楼被炸掉,究竟会不会被定性为特大事故,还是一个未知数。我听说啊,设计院和城建集团心里都慌得很,正在互相推责任,狗咬狗。设计的说自己的设计符合流沙层的要求,是建设的偷工减料了。建设的说是设计的标准不够高。那,究竟是谁的责任呢?"

说到这里,男人突然停住,开始很响地吸茶,故意煎熬卓玫瑰,半晌才盖上骨瓷茶杯,继续问:"你说,谁的责任?"

卓玫瑰回道:"我又不是专家。"

钱伟健笑了起来,说:"你大胆猜猜嘛。我俩的话,又不出门的,怕什么?"

卓玫瑰就调动毕业这几年的所有社会经验,试探着说:"也许,双方都有责任。设计的被谁要求了掐着最低标准设计,具体搞建设的基层人员不知道已经是临界点了,又降低了一点标准,两相一加,出事了。"

"你很聪明,但还是没答对。"钱伟健远远点着她鼻子,嗔怪道,"小傻瓜啊,其实,只有你才可以确定是谁的责任。"

"哈,主任您别吓我。"女人笑起来。

钱伟健就现出更神秘的样子,卖了会儿关子才说:"确实,双方应该都有责任。设计被收买了,卡着底线设计,施工的又习惯性地偷工减料。走多了夜路,他们终于撞到鬼了。"

卓玫瑰听到这里，简直惊呆了，她没想到自己斗胆的猜测，竟然可能是真的。这些人简直太大胆了。她还没回过神来，钱伟健又再次来到沙发坐下，凑近她，低声说："我们的机会来了。城建集团主动找我们写有偿新闻，主题是讲他们怎样一贯狠抓质量，尤其要把这次的事委婉地写进去，写出他们对财神大厦一点责任没有，暗示都是设计不达标，却又要让设计院抓不到文字上的把柄，目的是感动与影响后续评判此事的领导们。我跟城建谈好了，二十元一个字，事成后你一个字提成两元。你给他可着劲多写，写出七千字整版来。"

"写他们没责任，就能没责任吗？"卓玫瑰感到疑惑。

钱伟健突然刮了下她的鼻子，弄得卓玫瑰有点尴尬，手足无措。

男人说："丫头，你太天真了。我今天说的双方一起偷工减料，你不要跟人说，因为没有证据啊，而且，永远不会有。你想想，吃回扣降低设计与施工标准，只是我俩的逻辑推理，并不是已知事实，但又特别像真理，你说奇怪不？说不定，你写完城建集团，还能去写设计院，吃了原告吃被告。最好啊，让他们在我们这里开个专栏，互相咬来咬去，拿钞票使劲砸我们的版面，嘿嘿，那咱们就提前实现共产主义喽。"

"能有这么好的事？"

卓玫瑰虽然震惊，但想到外国人不就爱在媒体上互相攻击吗？咱们天天喊改革开放，不就是要一步步学他们吗？什么事都得有吃螃蟹的第一人。一念至此，倒也不生疑，她心下只是又惊又喜，不敢相信一大波财运突头突脑就来了。

她兴冲冲地按照钱伟健的指示，跟城建集团白副总联系好，第二天就去了。

不出意料，白副总挺亲和的。他慷慨激昂讲了两小时城建集团筚路蓝缕的创业经历，尤其讲到正在做ISO 9000系列的贯标。这点恰好卓玫瑰懂一点，两人就掰开来细细谈了。原来，城建也想做江城第一个贯标的建筑企业，卓玫瑰当然不会告诉他，民营的赖大明也在暗戳戳努力。

白副总让秘书把公司宣传资料搬出来，差不多一尺厚。他择了大半让卓玫瑰带回去细细研读，要她一定搞出一篇惊世骇俗、载入史册的文章。卓玫瑰一听，脸红了，说："白总，我只能做到不让你们失望，哪能载入史册？"白副总像没听到似的，又开始痛说革命家史，卓玫瑰这才回过味来，人家只是跟她客气。

白副总是从基层项目经理一步步打拼上来的，对建筑工地非常了解。他趁此机会讲了许多不为人知的细节。讲到当初一线工作寒来暑往的艰辛，尤其他几次差点把命丢掉时，白副总哭了起来，女孩子也跟着哭，鼻涕都哭出来了，差点忘记自己的任务是"拿捏城建的痛处，漫天索要广告费"了。

转眼到了中午，白副总才想起最重要的没说。他擦干眼泪，谈起了炸楼的事，跟钱伟健口气一样，揣测是设计的问题。但他全程禁止卓玫瑰录音，且说话非常讲究艺术，一点没指责设计院，反复强调说："我们一直非常尊敬设计院，每个工程都严格按照他们设计的标准办，哪敢有半点偏移。"

话还没完，白副总接了个电话，沉着脸匆匆告辞了，既没留卓玫瑰吃午饭，也没派人帮她拎那摞沉重的资料。卓玫瑰对白副总先走出会客室的背影说，三天后就把文章送来，白副总竟也没应话，慌张的样子好像是被上级领导找。

那时候，卓玫瑰还没私人电脑，也不太习惯用电脑写文章，就跟经济开发部打了个招呼，不去上班，把自己关在宿舍里，剪刀糨糊什么的一起上阵，在第三天来临的时候，终于捣鼓出了七千字，题目叫作《质量重于泰山》。

她一大早赶到单位，想给钱伟健看看文章，再去找白副总，不料同事却说主任到乡下采访去了。她打了他的手机，竟然关机了。想到之前采访回来时，钱伟健要求她今次再去，不仅要让文章过审，还要督促白副总把合同签了，以免夜长梦多，煮熟的鸭子飞了。

一看时间来不及,卓玫瑰赶紧出发。按照过去的惯例,主任若不在,甲方确认文章就行了,后续报社可以终审,看看有没有法律与政策的错误。

她叫了辆的士,一路春光地往城建集团赶去。作为经济开发部的第二笔杆子,她相信这篇倾尽了几天心血的文章,应该可以过白副总那一关。她都把他们夸成一朵花了,她自己读着,眼眶都湿润了。

那天阳光灿烂,她没让司机放什么失恋的歌曲,一路都在心里算钱。

七千字,十四万元,她的提成可以达到一万四千元。当时江城的房价在一平方米五百元到八百元,凑上之前的存款,可以去首付一个小两室一厅。再接下来,就是挣几万元装修款了,按照自己喜欢的英国乡村风格一点点攒家具和摆设,以及桌布窗帘等软装饰。

对了,她突然想到,要是两室一厅,小区环境又好的话,有风湿的母亲说不定会想来住住。不行,她买房就是为了躲开她又躲开宿舍那些势利眼,所以,最稳妥的是先买一个一室一厅,谁来都说太小,没法留宿。

这样推推敲敲的,她脸上时而欢欣时而烦恼,城建集团转眼就到了。

不想白副总好像不是之前那个人了,再也不拿出掏心掏肺的样子,眼神甚至有点阴鸷,也不怎么说话。一定要回应时,他用鼻腔哼哼。一定要开口时,他就说些冠冕堂皇的句子。卓玫瑰心里一咯噔,七上八下忐忑着,把打印好的文章怯怯地放他面前,要他过目。白副总说这阵有点忙,过几天再看。

卓玫瑰想事情是不是黄了,却又不甘心,就把那份合同倔强地拿出来,说:"也就七千字,您这会儿看看行吗?咱们抓紧时间排版,早一天出来,早一天赶在人家前面,拥有话语权。"

白副总一听,突然开始装疯迷窍了,说:"什么话语权?我们城建在江城是老大,还需要什么话语权?老大就要有老大的范,我们只想与同行一起,共同建设美好的江城。"

卓玫瑰一听,心里拔凉拔凉的。她知道,任何人一说大词,基本上就远在天边,不把她当自己人了。她不知道哪里出了问题,想到白副总是钱主任的关系,好像还沾亲带故,就客气告辞,心里琢磨回去找后者拿主意。

她刚走到会客室门口,白副总却突然叫住她,要她把合同拿过去。她大喜,依命而行。白副总一边皱着眉头,一边翻看那两页纸。卓玫瑰像个学生一样乖乖站在白副总旁边。

少顷,那男人说:"你挺细致啊,都填好价格了。"

卓玫瑰说:"是的是的,这不是您跟钱主任商量好的吗？"白副总脸上掠过一个复杂的表情，说："那你把名字签上吧。我回头给头头们过过目，合适就盖章。"

卓玫瑰连声说感谢，拿出钢笔，赶紧把自己的名字先给签上了。

她万万没想到，不到几天时间，这个高出报社最高定价一倍的合同，被作为她敲诈客户的证据，举报到了报社总编那里。鉴于她是临时工，总编懒得见她，派办公室主任来跟她谈了一顿话，训了一通，然后勒令她辞职。报社还要求她对外闭嘴，不许谈这事，否则，将追究她法律责任。

她感到不服气，说自己没那么大的关系户，是钱主任搭好的桥，自己只是执行者而已。办公室主任就说："合同上签的可是你的名字。""那不是常规操作吗？别揣着明白装糊涂。我要认识这总那总，就不来你们这里打工了，编个内刊也比拉广告强。"卓玫瑰愤怒起来，口齿也会突然特别伶俐。办公室主任只好耍赖了，恶狠狠地说："钱主任说他只是叫你去为城建做正面宣传，没让你搞出那么多阴暗的幺蛾子！"

卓玫瑰愣住了，这事确实挺阴暗，而且她也没有钱伟健说那些话的录音。

她无话可说了，软塌塌站起来，准备离开。办公室主任再次在后面警告她，不要对外说半个字，否则就起诉她敲诈罪。

她在宿舍收拾东西准备滚蛋的时候,钱伟健还在外地采访。她疯狂打他手机,他不接。有次终于打通了,卓玫瑰还没开口,钱伟健却说:"玫瑰,你想做什么呢?你想想要做什么,能不能做到。想清楚再闹。这里不是幼儿园,没人会宠你。"

卓玫瑰一听,知道自己是哑巴吃定黄连了,气得想砸诺基亚2110,但没舍得。她暴吼:"你不是个男人!出点事就让下属兜着。"钱伟健没作声,先挂了电话。卓玫瑰突然想到,去签合同那天,钱伟健确实不在,并且关机了,全办公室人都可以证明,是她独立行动。他不认的话,只能她认了。

她走出宿舍楼,看了眼天上的白云,感觉一切还是很恍惚。她不知道白副总为什么要举报她,不做就不做嘛,没必要反戈一击,把她搞死吧?难道白副总是设计院的卧底,在替设计院恨她?

永不知道答案。

她租了一百五十元一个月的城中村二楼单间,暂时安下身来,回头就去找白副总理论。不想此后,城建的门卫再不让她进去了。她没办法,只好打总经办电话,打了几十次,秘书都说白副总不在。她不服气,继续打,后来终于揪住姓白的了,就气冲冲问他,为什么要端掉她的饭碗?是她抱了他私娃娃下水吗？是她挖过他祖坟吗？是她什么什么吗？……语言不堪入耳。她都不知道自己竟记住了王学先那些她最瞧不起的骂人话。

"原来，我真的是巷女。"一念起来，她有点悲哀。

对方似乎并不计较这些脏话，平静地说："卓女士，你没看清形势吗？城建和报社看你是个年轻姑娘，又是初犯，都放了你一马。你真要不依不饶地纠缠，我们有能力把你送进监狱，你信不信？"

卓玫瑰这才意识到，不管有没有钱伟健指使，自己确实违法了。

她放下电话，决定自认倒霉，但却在悲伤中关注着这栋楼的消息，天天祈祷城建的领导们赶紧被处分。不想后续再没一个媒体提这事，也没任何人被处分，它好像成了江城被遗忘的一个禁忌。

有天晚上，已经爱上喝酒的卓玫瑰看着城中村的月亮，终于想明白了，这个事情如果真是特大事故，被影响前途的恐怕不仅仅是设计院和城建集团，所以，根本不可能开个什么报纸专栏，让双方互撕，那不等于是向全世界宣告这地方的管理有漏洞吗？市里最重视的招商引资形象也会大受伤害。钱伟健这种人精，难道没意识到这点？

"不不不，这个混账不会设计来害我，他完全没有整我的理由啊。会不会是白副总急匆匆接那个电话后，一切才改变的呢？纵如此，也犯不着举报我啊。"

她自言自语分析完，迷惑依然难解，便趁着酒兴，一气之下把瓶子砸出了后窗。落地一声脆响，瞬间引来四面八方的脏话。

原来，这里跟梧桐巷两排房屋对着不一样，是密密匝匝一大片房屋，屋后又是别人的屋前，以此类推，无休无止似的。除了窄窄的过道，有缝之处都被村民违规加盖了房屋，有些甚至像竖起的大砖头，宽一两米，长五六米，高八九米，单等着未来开发商按照面积补偿还建。

各种骂声持续了好几分钟，全部涉及生殖器，一点遮羞布也不给卓玫瑰。她缩在屋里，决定倾其所有，去租老城区的房子，哪怕住她最不喜欢的一楼。

九 祸不单行

如果说，梧桐巷的人还有什么优越感的话，就是在嘴里糟蹋"乡下来的人"，以及突然被新建筑包围进城市的"城中村"。

卓玫瑰搬进来后，发现这里确实不如梧桐巷。看电视、搓麻将、吵架打架，各种嘈杂完全不隔音。鸡鸭猫狗随地大小便。天空被纵横交错的电线遮掉了小半，光线不好。于是，她只交了一个月押金，租了一个季度。她本想躲在一个无人知道的地方独自舔伤，没想到在这里，无论听觉还是嗅觉，整天都被人侵略，从孤独不起来到"经常想不起自己的存在"，倒也无心插柳柳成荫了。

她被群骂后，不想忍了，收拾好行李，第二天一早就去一楼找房东退租。

她说本月剩下的房租不要了，只希望把后面两个月再加一个月的押金,共三个月的租金还给她。她说完后,等着房东问原因。反正昨晚在那充满霉味的屋子里,她准备好了一肚子理由。

不想房东什么都不问,却打了个电话,一下来了五个拿着扁担的精壮汉子,学港剧一样,呈扇形站在房东背后,恶狠狠看着她。房东声音一下壮了,说:"要走,可以,不退钱,还要再罚款五百。"卓玫瑰吃了一惊,说:"凭什么不退钱,还要罚款?这里又不是偏远山区,是市区啊,派出所就在旁边几百米,你叫一群扁担来,想干啥?"房东就笑着说:"好呀,你去找警察来压我们嘛。反正大家都在江城混,以后哪里见你,就在哪里发财。"卓玫瑰惊呆了,突破认知了,简直像一头扎进了外国警匪片剧情。梧桐巷与梨花镇有坏人,也不过是说她坏话,城中村的人竟然杵着扁担敲诈她。

她还想反抗,赌他们不敢真打她,却突然想起在辉煌被砸的事,又想起自己不也是因为"敲诈"城建而流落至此吗?

"报应。"她脑子里猛然闪过这词,遂心里一灰,啥都不说了,掏出五百元,交了罚款,走了出来。

她走得很慢,腰板直直的,是人到绝境那种莫名的放松。房东与几个汉子在后面看着她,有点诧异又有点胆寒,互相问:"她走得那么慢,是不是有后台,回头要找人来算账啊?"

再租下一个老小区的房子后，卓玫瑰才在深夜偶尔想起自己是卓玉，莫名其妙越来越入戏，与母亲融为一体。或明知是一场梦，但牵心动肺，不能自已。

其实，2057年的人何尝不是如此呢？

2057年，已有确凿证据证明，世界大概率是虚拟的，可人们并没因此就拥有超然的心态，爱恨情仇依然激烈。

她本想租个离梧桐巷和报社远点的房，去开发区找工作，不想离职后，无论客户、同事，还是亲友，竟无一人知道她被开除了。想来事情牵涉那栋楼的秘密，白副总与钱主任都不敢透露半句出去，她也就顺坡下驴，厚着脸皮跟大家在电话里说，是自己想寻求更好的发展，主动辞职了。

有天蔺春华给她打了电话，自顾自地说："喂，你不用回话了，董事长决定不聘用你了。"卓玫瑰才想起还有这档子事。她本以为报社有人走漏风声了，让赖大明觉得她没有媒体资源了，不想蔺春华却赶紧加一句："具体原因我就不跟你解释了，你也别打听。"

卓玫瑰提到辉煌就不爽，本就没想去，便也恼了，急急道："有意思吗？整天自说自话，自作多情，说些有的没的，来也匆匆，去也匆匆。"说完，她先挂了电话，好像赢了一着。

奇怪的是，目测已很强势的蔺春华竟没重拨过来骂她。

这样一来,外边的名誉勉强维护了,她便没去几十公里外的高新区租房,依然住在土生土长的幸福区。

说起来,在江城居民平均年收入只有几千元的二十世纪九十年代,她不够胆大,努力跑软广几年,还使上了"第四类情感"得到钱伟健各种绿灯, 也不过每年二三万元收入。再加上在外需要充面子,服装等各种用度都是比照外企白领搞,时不时还要请人吃饭勾兑感情,每个月还得给王学先上交赡养费三五百元不论,最后她也没存下几个钱,一安顿下来,就心慌慌的,赶紧去泡人才市场。

这一重返求职界,她才发现,自己的路越走越窄了。因为晚报的事,她不太好意思去文化系统求职了。江城的文化圈都是同一拨人串来串去,不小心就会遇到旧人,或不得不跟旧人合作。外企吧,她这种等于没专业的地方师院中文系,文凭又达不到别人的要求。更小的民营公司她又不想去,不仅工资低到她无法租房与通勤,也看不到任何未来。

一天天地失望,她灰心了,甚至想去打碎重来,吃几年苦,重新学个专业。

凡涉及数学的,她都没天赋,后来就想到了考律师。她打算找鲍菁菁帮她问问名律师小姨。她混了几年社会,深深感到什么假记者跑广告或者小企业搞管理,都是虚头巴脑的工作,有今天没明天,像是走在沼泽地里。还是老人说得好,人要有个一技之长,终生不会下岗。她决定了,做律师。

她找了她俩爱去的名叫"红酥手"的文艺私房菜小馆,点了鲍菁菁爱吃的黄瓜炖泥鳅,待她来了再让厨房动工。她习惯了鲍菁菁迟到,就在她没来的时间里,再次告诫自己,不要让闺密看出她活得不如意。

她突然想到,母亲王学先也有一个又亲热又终生最防备的人,那就是远在外地的婶婶。两妯娌情同姐妹,各种节庆必互寄礼物,一袋挂浆的生粉或者一截做衣服没用完的料子也算,打起电话来,更是长得像煲粥。家族婚庆吊丧见面时,她俩亲热如女同,在餐馆吃饭必定大呼小叫抢单,推来扯去,发生肢体摩擦,让外人每每误以为在打架。就是这样的一个人,卓玫瑰从小感觉,其实她不是母亲闺密,而是悬在母亲头上的达摩克利斯之剑。

王学先从小骂她,喜欢加上一句:"可不能让你婶婶给看扁了。"她回:"婶婶远得很,哪会晓得。"王学先就说:"晓不晓得也不能输给婶婶的娃。"她不说"你堂姐",却说"婶婶的娃"。王学先每年一两次对她施以暴力时,歇气中还会自言自语:"这可要让你婶婶在背后高兴死了。"直到后来婶婶得肝病死了,王学先遇到挫折,还爱在家里嘀咕:"要是你婶婶还在,可要把我鄙视惨了。"卓玫瑰理解不了,上一代妇女为何终生要为另一个妇女的目光而活,别人的看法有那么重要吗?她想她算小知识分子了,绝不会陷入母亲那样的人生迷坑。

可是这天,她等在红酥手的这天,终于明白了,自己在母亲那里、梨花镇那里、报社那里受了委屈,为何都不跟鲍菁菁说,更不可能求助于行长的女儿鲍菁菁。难道其中有一部分,不也跟母亲一样,又自卑又自尊,像呵护古董瓷瓶一样过于呵护某段重要关系吗?

一念至此,她眼眶潮湿了,不想鲍菁菁已经嘻嘻哈哈笑着进来了。她赶紧偷擦了眼泪,提醒服务员叫厨房开始做菜,然后,一如既往像个大姐姐似的,温婉听鲍菁菁叽叽喳喳把不见面的这段时间的心得讲完。

其实她比鲍菁菁还小一个月。

鲍菁菁是不懂计算现实得失的女孩,一听闺密要改行就举双手赞成,也想不到究竟几年才能转成功,或者这几年卓玫瑰吃什么。她根本想不到,因为她不仅不缺钱,也不爱花钱。经常出国的小姨爱送她奢侈品,可她自己对钱忽视到一百五十元放包里好几个月花不完,吃饭也是包括卓玫瑰在内的别人买单。她一个人饿了时,也不馋什么大餐,也不讲什么排场,街边买个锅盔就吃得很欢喜。那几年,她的兴趣第一重点从文学转成了声乐,思维大多不在现实世界中。

当天饭后一分手,鲍菁菁就驱车去了小姨的律所,要她帮卓玫瑰找那些刚工作的助理律师，索要考律师的复习资料，还要她去打听过经过脉的地方，看能不能帮到卓玫瑰一点。

小姨微笑着看鲍菁菁急匆匆讲完所有，才说："叫你那个闺密亲自来一趟，我跟她聊聊。"

第二天，卓玫瑰就跟鲍菁菁的小姨见面了，聊了两个小时后，卓玫瑰再也不想考律师了。

小姨很聪明，没告诉卓玫瑰法律界各种不为人知的事，只是帮她用生活的逻辑推理。这行业绝不是港剧里面看起来那么风光，女律师穿着高跟鞋，戴着假发，在庭上神气活现走来走去，眼神睥睨着，舌战群儒。没那么简单。办案也需要找人，也需要公关，还需要跟各种人性的阴暗面亡命斗争，跟拉广告没什么区别，不，应该说比拉广告难十倍以上。尤其，女性在这行业若无靠山，是很难的。

在经济开发部工作一年多后，卓玫瑰已经小有社会经验，一点就通。小姨的话不虚，只要与人打交道求利益，就会一样的需要动心忍性。一样能干好，百样才能做。唯有会计、工程师等岗位似乎不用求人，但那也是卓玫瑰改不过去的。

最让卓玫瑰放弃的，并不是上述周旋人堆之难，而是得到律师执照后，最初也只能做刑事案，不能做经济案这种安全的肥缺。据说刑事案件主经常威胁律师，小姨在做刑事案那几年，就被好几个人威胁要杀死她全家。

卓玫瑰听到这里一激灵，想到血淋淋的海狸鼠，要是王学先发现女儿做律师后自己并不安全，恐怕要呼天抢地整天闹给全巷子听了。

她突然明白了，律师其实活在一团人际矛盾的乱麻中。人们只羡慕名律师的光鲜，却没想到小律师的艰辛。屈指一算，幸福区也就几个名律师，大量的人终生都是小律师，活得也不见得比广告业务员好。

"真是条条蛇都咬人啊。"卓玫瑰本来就不爱法律专业，花两小时被小姨戳破临时梦想后，心里嘀咕着，"我就不要舍近求远了。"

她继续去人才市场"赶集"，戴着墨镜，躲躲闪闪的，生怕熟人看见了。

这天，她正跟一家小公司谈办公室主任岗位，把薪资谈到一千二，可以暂时去过渡一下了，不料手机却响了。隔壁的二嫂破天荒打来电话，声音又大又急、断断续续，卓玫瑰听到跟母亲有关，但听不清。

她走出人头攒动的求职大厅，到街边找了个僻静处，把电话重新拨了回去，才知道王学先住院了。

十　雪上加霜

卓玫瑰赶到医院,惊悉母亲患的是大病,尿毒症。

二嫂本来是请教海狸鼠饲养疑点的,进门却发现王学先晕倒在地。她赶紧呼朋唤友来帮忙。梧桐巷大部分居民是加工汽配小零件的红星机械厂的前职工,比普通邻居多一分关联,大家二话不说,就把王学先送到了附近的医院。

厂工会也来了,送了一千元慰问费,然后说,厂里承担全部医疗费,但是,没能力马上报销。厂子濒临倒闭,被质高价低的民营企业逼得发工资都困难,患病的人也非常多,需要卓玫瑰先垫付,半年报一次,一次只报一半,后续有钱了,再补报。"几百张嘴等着吃饭的厂,难啊。得大病小病的人也多,目前所有得大病的退休职工是一样的待遇,有红头文件的。"工会主席把文件递给卓玫瑰说,"只能辛苦你们做子女的先顶上了。"

这事卓玫瑰也不是不知道，巷子里患了大病的，有的自己垫付了两三年，厂里才给报销。谁摊上了，都是倾家荡产再加求爷爷告奶奶，八方求人借钱。家族人丁不兴旺的，干脆放弃治疗。

卓玫瑰在病房里看着母亲毫无血色熟睡的脸，第一次发现，这个悍妇也可以像只小猫小狗一样柔软蜷缩，也很无助。

她一辈子对女儿打打骂骂的，什么能伤卓玫瑰就拣着什么说，对全世界怨天尤人，一刻不停地发泄负能量，骂别人都不好，又一刻不停想插手所有人的事，甚至乐于传播能毁灭他人的是非，看上去真是滚刀肉一样难缠的中年妇女，但实际上，卓玫瑰看出来了，是因为她没有安全感，一生都活在惊恐中，又不知道怎样去抓住命运的锚。关键是，王学先还不信有命运，不敬畏任何天地人神，不愿安静一刻下来反思，只知道变着花样用嘴巴撒泼。

小的时候，据说王学先也曾被宠爱过，但二十世纪六十年代初期，她父母都在举国的生活困难中先后因病去世了。那时她还是十一二岁的小姑娘，高小刚毕业，只好东家西家求一点剩饭吃。勉强熬到初中肄业，她就出去打工了，离开大城市，去偏远山区做铁路工地上的夜间卫生员。她走山路，过悬崖，在黑夜里穿过飘着磷火的坟地，去给夜班受伤的工人包扎，后来更是目睹了"文攻武卫"，多次耳边呼啸过无名的子弹。她吓得回到江城，各种考工，终于在遇到心上人也就是卓玫瑰父亲的同时，进了城郊做汽车零配件的红星机械厂，当了一名车工。那是她人生最幸福的时段。卓玫瑰还记得，父亲对母亲的宠爱，超过对她。二十世纪七八十年代，梧桐巷吃肉并不是每天的事，善于打家具还善于做菜的父亲，花了巧心思，把肉末与酸豆角、豆腐丁等做成菜，又有量又不容易腐坏，装在玻璃瓶里，每顿只给妻子吃，说是"你妈妈身体不好，要补补"。而他和女儿吃一样的素菜，等待每周两三次有限的开荤。

王学先就是那个时期学会抱怨，随时破坏自己与他人关系的。她开口闭口就说"我要跟你断绝关系"，或者"你再说，我就死给你看"这种极端的句子，像个蛮横的公主。她甚至诅咒小学时做错一点小事的卓玫瑰"生娃时被娃卡死"，或者"一辈子会被娃拖得皮脱嘴歪"，甚至"出门就被汽车火车撞死"。街坊叫她别这样说，说多了怕有小鬼跟着，对孩子不利，她就骂街坊们愚昧无知，说我们是唯物主义的国家，哪有鬼神，随便怎样说都没忌讳。

卓玫瑰猜测，孤儿时期的母亲不可能这么作，这是受宠女人对全世界的一种撒娇方式。爸爸把她惯坏了。她想。

可惜父亲也是个短命的，但母亲养成的另类语言体系却再也改不过来了。不管说什么,她无非都是在说一句话——全世界都应该爱我,否则就是坏人。

当然,也可能母亲一直在为父亲的病逝暗暗伤心,所以显得非常变态。

可是,今次王学先被最大的厄运撞到,却突然变了个人似的,什么难听的都说不出来了。她知道了自己的病,也知道意味着什么,但她破天荒地不再抱怨,只低低对女儿说:"你赶紧去上班,没有啥比上班更重要了。"

母亲一示弱一无私,卓玫瑰一下就原谅她了。她心里一酸,把眼泪狠狠憋了回去,没告诉母亲自己失业了,却说:"没事,我这阵子在休假呢。""休啥假啊,还没转正,得多表现表现自己。"

她似乎没力气说下去了,头一歪,又睡起来。

王学先因为养殖海狸鼠、炒股什么的,又乱七八糟投资,基本没积蓄了。卓玫瑰把自己所有的钱交了医疗费住院费后,感觉生活就像断头崖,一下断掉了。

她收好未来用作报销的凭据,慢慢在医院的花园里行走。快过年了,气温接近零摄氏度,干冷干冷的,一路看去,满眼萧索,但她就想冷着自己,萧索着自己,这样才会更加清醒,而且以毒攻毒,才不觉得太苦。

她找了个银杏树下的靠背椅坐下,想世上有三个人还是会借给她钱的。一个曹一山，一个鲍菁菁，还有一个是楚宝贵。但这三人一动，几乎是动了她人生的根基。一个是梦，一个是达摩克利斯之剑，而楚宝贵，本身不算个什么，背后却有她人生最大的忌讳：蔺春华。

她忌讳蔺春华什么，一时半会儿也总结不出来。

一阵冷风吹来，她把羽绒服裹紧了点，想到报纸上说，有些外企为了解放人格，让人放弃面子，新员工训练的时候让他们在地上爬，狗一样。她不知道这是不是谣言，但如果不把脸皮揣进口袋，她怎么付得起母亲出院后一周两次透析的钱？一次四五百元，一个月要八个科长的工资才能续命。她可以断定，红星机械厂会不断赖账不报销，或报销很少部分，拖一年是一年，因为这个数额对他们来说太大了。

她站起身来，重新向病房走去，这时却突然在意识的空白处，回到了卓玉的记忆，想起了未来不久的某年，有中成药导致尿毒症的新闻事件。

王学先特爱吃龙胆泻肝丸，有事没事吞两颗，说是清肝热，可以让自己脾气好点。她一直推荐女儿吃。卓玫瑰说，是药三分毒，上火了情愿啃两根生黄瓜。两母女谁也说服不了谁，多年来，个人用个人的办法清火。

卓玉恍惚记得，某一年有几十万人因为吃龙胆泻肝丸得了尿毒症，集体起诉厂家索赔。1996年年初，她没有任何办法能搜索出未来这件事。卓玉想破脑袋，也想不起是哪一年。事情发生时她太小，并不知道，恍惚是她成年后在网上偶然看到的文章中提到的旧闻。她一贯对中西医都信任，所以当时有点震惊，匆匆看了下，好像是一味名叫关木通的药用错了，里面有毒性物质马兜铃酸，还有其他代谢产物，其损害的靶部位包括肾小管上皮细胞，以及肾间质成纤维细胞。

可惜，她是材料学家而不是医学专家，所知只是皮毛。

难道她应该站出来，呼吁全社会不再吃龙胆泻肝丸，或者要求中药厂家提前停止使用关木通，改变历史？又或者，她应该找生产厂家打官司，那样，母亲的医药费就有着落了？

十一　那些花儿那些梦

在《玫瑰或金》的第三和第四段里，提到了一位不知名的女性——

我有个发小，也跟我妈一样，视钱为生命的根本。小学初中时，无论多为难的事，只要别人给她一毛两毛钱，她就会答应去做。代写作业、捞掉进厕所的东西等。她服务范围很广，收费很低。花一毛钱让她大声喊自己"爷爷"，是某几个调皮男生爱做的事。我还怀疑她干过更出格的，但她很聪明，知道哪些该说，哪些不能说。

有一次，她拿出自己的铁皮存钱罐，打开后盖，一边喜滋滋数着，一边对我说："真希望那些男生都来打我，一拳头一块钱才好呢。"我听了大为骇异，她并没吃不起饭，也是咱们厂的子弟，为什么她可以为数量不大的金钱放弃一个女孩的自尊？但她对我非常好，从小到大，百依百顺地呵护我，甚至有点保卫我的架势。我俩都是独生女，十几年的陪伴，情同亲姐妹，只好宽容彼此在钱的观念上的不同。她甚至用受辱多次换来的钱，买了一株江城还不多见的玫瑰苗送我。我把它当成她的象征一样，栽在后院，精心养护，直到后来听说她在南方为了钱，彻底放弃了做人最后的底线，我才把那玫瑰铲除，栽上了粉子头。代表着玫瑰的她，在我心里化为了乌有。

卓玉在医院陪床的某个深夜，回忆起文章里这两段，突然明白了，被母亲用"玫瑰"来指代的女性，就是蔺春华。

母亲很爱使用玫瑰的意象，有评论家说，作家玫瑰的随笔集里，共使用"玫瑰"这个词语两百二十一次，隐喻所有女性。

从她记事起，"玫瑰"就是小有名气的时尚刊物专栏撰稿人与畅销书作家。到了新西兰后，母亲更是把国际自媒体做得风生水起，一个风口也没落下，虽不大富大贵，但也足以让女儿两耳不闻窗外事，潜心读书，成为一名世界顶级的科学家。倒不似她自己，整个青春期都在愁钱。

诺基亚2110一声响，把卓玉又拉回了母亲的人生，以及随之而来的莫名的全情投入。太奇怪了。

大半夜的，鲍菁菁短信撒娇："明晚的个人演唱会你敢不来，咱俩就绝交。"

卓玫瑰一惊，这才想起对方老早就说过，她忘了。随后她便开始幻想，这也许是个天意，是上天要她向鲍菁菁借钱。

第二天傍晚，把母亲的要事忙完，她赶紧扑回住处，换了长及小腿肚子的宝蓝色羊毛连衣裙。这是她的当家衣服之一，肩上缀着大到夸张的同色缎带蝴蝶结，显得像件晚礼服。这是个活蝴蝶结，取下来又能当休闲服穿。她在裙子里面套上羊绒连裤袜，又在外面披上长羽绒服，吃了点饼干填肚子，下楼招了辆的士，在演唱会开始的八点整，才往几十公里外的演奏厅赶。

过江的时候，她遇上了堵车，这才想起自己没报销了，不该坐的士。但若巴士公汽转来转去的，又委实赶不上。

于是她焦虑地盯着计价表，祈祷堵车快疏解，甚至呼唤上了观音如来等大神。

她猜曹一山很有可能去，但第一次矜持地没发短信问他。赖大明让她发现，短信其实是一种证据。

她历来对鲍菁菁热衷的《茶花女》《弄臣》什么的，并不在行，也不想在行，她更喜欢在夜晚与细雨来临时，让司机放点关于失恋的流行歌曲。这样,她会觉得特别安全,好像被羊水保护起来的婴儿,又兼有出神眺望感,随着歌曲进入很远很远的地方,那里有真正的爱情。

当天司机跟她协商后,放的是张学友的歌——

一千个伤心的理由,一千个伤心的理由,最后在别人的故事里,我被……遗忘……

那是一个只能容纳两百人的小厅,卓玫瑰走进来时,已经是晚上九点四十。里面温暖如春,她把羽绒服脱下来,放到门口保安处,穿着那件准晚礼服蹑手蹑脚走了进去。鲍菁菁正在唱压轴的《游吟诗人》。读大学的时候,后者总拉前者去一个琴房陪着练唱,卓玫瑰也算耳濡目染,对经典美声的曲目略知了一二。

她还在后排就看见曹一山没来,第一排无他的后脑勺,且只留了一个空位。

有一瞬间,卓玫瑰又变成了卓玉。她心里一惊,再次想,曹一山会不会是她父亲?若是,她就不该再对他有妄念。

卓玉的面相像卓玫瑰,五官中除了耳朵,其他达到九成以上相似度,加之又是女性,自然看不太出父系的遗传特征。二十世纪九十年代中后期,江城还没有商业化的民用亲子鉴定，否则这个事情就简单了。

胡思乱想中，仿佛才一瞬，"哗哗"的掌声又把她惊回了卓玫瑰身体。她一抬眼，看到鲍菁菁正在谢幕。

演唱会后，鲍菁菁又是卸妆，又是与各色人等致谢交谈，弄到十一点过。

鲍菁菁带着夏鸣笛走了出来，卓玫瑰才知他一直是她的"忠粉"。这次个人演唱会，他赞助了四分之一的费用。

彼此打了个招呼就分手了，鲍菁菁带着卓玫瑰坐进自己那辆定制的尼桑里。那是一辆大红色的车，大白天江城一跑，基本是独一份，总引来一路的目光。

"这么扎眼的车，不怕影响你父亲啊？"卓玫瑰曾问过她。

"放心吧，鲍行长干净得很。这是我的大律师姨妈送的。"鲍菁菁说。

前者便闭了嘴，如今夜一样不想说话，只做叽叽喳喳兴奋不已的鲍菁菁的倾听者。车在大街上徐徐前行，远远望去，半夜的江城越来越亮，跟外国电影里的城市没啥差别了，不像小时候那么黑灯瞎火的，好像老天爷专门为他们捉迷藏而设。喜欢躲在暗夜某个箩筐或者石磨背后的她，去梨花镇后才开始怕黑怕鬼。老中医说是气血亏虚。谁知道呢？也许只是突然意识到了黑暗并不仅仅是黑暗。

车快开到鬼食街了，鲍菁菁突然对还在琢磨怎么开口借钱的卓玫瑰说："你刚才到后台来晃一下，我就发现你胸罩有点奇怪，隔着衣服都能看见凹凸不平。"

卓玫瑰脸红了一下，想自己这个是在路边摊买的"三无"产品，当时还不错，不想洗几次就七翘八拱了。今次来得匆忙，手忙脚乱的她忘记穿当家的品牌胸罩了。

卓玫瑰还没说话，鲍菁菁又说："我有两件进口的塑身衣不想穿了，改天给你带来。"卓玫瑰就说："不要。"她的心与她生出罅隙，就是读书时后者总试图把自己穿旧了的名牌衣服，甚至用了一半的化妆品送给她。

她像第一次那样坚决拒绝，说内衣怎么能混穿。鲍菁菁却不自知，说："我那个是小姨出国带回来的，好几千一件呢，国际大牌，可以调节大小，一穿上连内裤带胸罩都有了，特省事。我有新的了，确实不想要了，丢的话，便宜那些捡破烂的了。我俩这么亲，肥水不流外人田……你不会嫌弃是我穿过的吧？"

卓玫瑰还是不要，她说她当然不会嫌鲍菁菁穿过，而是不喜欢那种铠甲样的东西穿在身上，不舒服。

话音一落，她便哇儿哇儿干呕起来，也不知道是饿了还是说得急了。

鲍菁菁吓了一跳，找个路边停下车，问她是不是病了，说脸色很难看,提议她回去休息。卓玫瑰马上同意了,并且不要她送,怕她知道自己的目的地是医院。她说鲍菁菁唱这么久了,其实比自己更累。

做闺密的没法,只好一边放她下车,一边大声给夏鸣笛打电话,要他赶紧转向,陪她去鬼食街吃夜宵。

卓玫瑰回到医院,思来想去。几天后,她鼓足勇气向曹一山发了个短信。

"你最近好吗?我有个急事,想当面向你请教。"

卓玫瑰发完短信,突然发现自己已经半解放人格了。她打算只请教关木通的事,不开口借钱,但打草必定牵出蛇,人家若知道她母亲住院,不可能一点不管。

"假记者工作真的让我堕落了,我都会变相算计我爱的人了。"

她一边走,一边哭出声来,又一边等着曹一山回话。街上的人纷纷回头,诧异地看着她。

她对曹一山是一见钟情。那时她和鲍菁菁才十八岁,刚毕业被分配来教她们写作课的曹一山二十三岁,说起来是一代人,却有着师生的名分。

曹一山才不在乎呢,他第一节课就想打破这些,要学生们下课后叫他曹哥。他的所有都与卓玫瑰此生接触过的其他老师不同,后者各种迂腐或严厉,是学生们背后终生的笑料。当然,港剧日剧里也有不一样的老师,但他们跟曹一山又不太一样。何况,梧桐巷的女孩子很实在,不会爱上剧中人,只有鲍菁菁才可以。后者一直爱着各种明星,有些年爱三浦友和,有些年爱费翔,还有些年爱张学友。鲍菁菁似乎并没爱过生活中的人。卓玫瑰突然想起,鲍菁菁这阵爱的是帕瓦罗蒂。她跟过去一样如数家珍般谈被恋者的细节时,卓玫瑰也没太在意,直到最近她说江城音乐学院毕业后,要去意大利继续深造,卓玫瑰才大吃了一惊。原来,鲍菁菁有能力接近远在天边的人,而她暗恋近在咫尺的曹一山七年多了,依然可望而不可即。

曹一山第一次从教室前门走上讲台的样子,她终生记得。

他穿着中式褂子和布鞋,剪着稀疏又有层次的中长碎发,服装民国范,发型却很摇滚。再后来听了他的课,更是理解了这种杂糅。他的知识也是杂糅的。当他谈起写作,就抛开课本,把莎士比亚以降的西方文学技法讲了一通,又把东方章回小说那些个草蛇灰线、伏脉千里啥的讲了一通,还有各种头脑风暴当场开启学生灵感,把写作课搞得像游戏那么好玩。学生和他都不知道,那就是N年以后才流行于中国的西方创意写作课。卓玫瑰看不出那些古怪教学方式的力量,她只感觉,曹一山的知识太渊博了,甚至越界讲了"文学概论"或者"文学史"老师该讲的东西,连班上的男生都抛弃性嫉妒,佩服得五体投地。

后来,在"寝室熄灯夜话"这种信息最庞杂、交流最深入的时间里,卓玫瑰才知道,曹一山本来就是江城小有名气的作家,而且,在访谈中说自己读了几千本书。

这样几乎完美的男性偶像,突然出现在生活中,班上大半女生都喜欢上了他,个别外向的甚至公开说出了相思。本来就没希望的事情,于是变成了学生们的口头快活。"你心上人来了。""快看,那是你家山山。"女学生这种话说多了,同事和领导们就知道了。

曹一山被领导一次次严肃约谈,但他坚称,他不会与任何女生单独待在封闭的空间或外出。

本来,之前学生们在校外聚餐还邀请他的,男男女女一大堆,嘻嘻哈哈,吃吃喝喝,称兄道弟。卓玫瑰也有幸几次跟曹一山坐在一起,觥筹交错到半夜,说音乐、诗歌与啤酒,说远方的杰克逊与麦当娜,然后在半醉中互相帮衬着,翻过学校围墙,回到各自寝室。

学生们知道曹一山被约谈后,再也不叫他了,怕影响他前途。他却不怕,硬是不请自来了几次,跟先前一样抢着买单。他看到学生们终归是有点拘谨了,说他们不想他被学校调走,也就只好叹口气,慢慢收敛了一些。第二年第三年,他便被环境改变了,有了点正常老师的样子。

卓玫瑰从小不追任何异性，不知道为什么，她总觉得自己应该被追，或者说，她觉得主动是一种羞耻。在城市外环的中小学，她算得上班花校花级别，也是被楚宝贵这样的一群人从小讨好惯了的。她总是吃完午饭就赶紧去学校，或者寒暑假天天盼着开学。她童年少年的价值全在学校，在围绕她的楚宝贵、蔺春华等一大群学生那里。

曹一山让她第一次真正动心，可两人似乎还隔着千山万水。她默默打迂回战，努力阅读写作，发了些"豆腐块"在各类小报上，成为班上文章写得好的学生之一，终于被曹一山青眼有加，提拔为写作课代表，有收发作文本以及各种上传下达单独见他的机会。

也不是每个女生都对曹一山感兴趣。鲍菁菁有次跟卓玫瑰坐在食堂面对面吃饭，偶然提起，她父亲与曹一山的哥哥很熟悉，口气却很淡然。

"原来你们是世交啊？"卓玫瑰大喜。鲍菁菁却说："算不上。我过去也没见过他。这次回家偶然谈起，我爸说，那是他们行的重要客户曹大河的弟弟。"

话就到此为止了。卓玫瑰想，银行的重要客户一定是大企业负责人，当下也不继续深挖，回头仔细一调查，才发现曹大河是离江城几百公里远一个地级市领头民营集团的老板，因为是家族企业，连弟弟曹一山也配了股份。

原来，他就像琼瑶剧和日韩剧男主一样，有那么大的背景，却来玩票当作家，当讲师，穿普通的衣服，跟学生们进黑黢黢的苍蝇小馆聚餐，喝两元一瓶的啤酒。

　　曹一山似乎也没故意隐瞒身家逗大家玩，实际上，他显得顺其自然、漫不经心。不出一年，学校很多学生都知道了，曹氏集团还是学校的大赞助商呢。

　　像拼图一样拼凑出一个完整的曹一山后，卓玫瑰感觉对他的爱更深了，也更痛苦了。她自认为这跟曹氏集团的豪横没有关系。那段时间正好蔺春华来看她，她有点莫名敏感，生怕拔个萝卜带出泥，把说不出口的王学先也给曝光了，把自己祖宗十八代与曹氏家族过早摆在台面上对比。

　　她时而自信，时而自卑，内心的纠结倒令气质更加文艺了。曹一山有次对故意单独来晚交作业的她说："你眼睛里好像有故事，显得很高级。"她脸一红，心下大喜，匆匆走了。但也就是那天，她的自信全部迸发出来，暗中计划了两件事。一是跟鲍菁菁成闺密，通过她打听曹家的事，做到知己知彼，百战不殆。二是她要悄悄编织出天罗地网，把曹一山网在其中，一旦毕业，就跟他挑破。

　　跟鲍菁菁做闺密很容易，似乎前者一直在等着这事。她跟卓玫瑰说，她喜欢她的外表，喜欢她的聪明，还喜欢她安静聆听自己说话并且从不吝啬夸奖她。

轮到卓玫瑰几次试探着打听曹一山时,鲍菁菁却不耐烦了,她说她只喜欢他做老师或朋友,至于男性审美,她不喜欢这种,像个爹一样精明,你尾巴一翘,他就知道你在想什么。

"啊,太可怕了。我只想找个单纯的阳光的性感的。"鲍菁菁大声说。

她没说假话,她确实不会成为卓玫瑰的情敌。她一向喜欢的是身材高大、结实性感的明星,而曹一山只有一米七左右,比较瘦弱,靠精神摄魄,不靠肌肉。鲍菁菁体会不到他的美,甚至有几次说,别提那个"二级残废"了。

这事看来不能通过鲍菁菁实现了,再打听下去,就会被她怀疑了。卓玫瑰也想开了,她喜欢曹一山,跟他背后有些什么家人并无关系。

她开始追求他,但用的办法却非常委婉,是远离他,眼睛都不怎样看他,搞得曹一山很纳闷,还把她叫去,反反复复问她,是不是对他讲课有什么意见。她低眉垂眼,硬是不回答,曹一山便有了点不安。为了拉拢这个课代表,他邀请她一起去搞文学社,去办校报。他为报纸取名《铁栅栏中的玫瑰》,让她做副主编。她误会了好一阵,毕竟那是她的名字,不想最后听他跟人说,是他的代表诗名。

报纸是用钢板蜡纸刻写,油墨印刷,每周一期,全校征稿,免费发送,累坏了卓玫瑰等一拨团结在曹一山周围的小文青,但她也在办报中无数次与曹一山你来我往,慢慢不再紧张,成了朋友,还拉上鲍菁菁,三人出去看过电影吃过饭。

后来,曹一山似乎也清楚她对他的意思了。两人单独商量文学报的事情时,假若旁边无人,卓玫瑰的目光已经算得上含情脉脉了。小伙子吃了一惊,把卓玫瑰过去的散文重新找来细看,才发现人家早就在里面写尽了一切相思。

有次曹一山趁旁边没人,一边推油墨滚子,一边漫不经心谈起自己早有女友了,一个市的,青梅竹马,定过娃娃亲,中小学还同班,都长成彼此的肉中肉了,亲人样分不开。对方出国留学前,家族还办过订婚仪式。卓玫瑰听着,脑海里瞬间蹦出电视剧里豪门联姻的画面,但她什么都没多问。

卓玫瑰很清楚他为什么说这些,奇怪的是,她冷不丁听到,竟真的不惊讶,不悲伤,反而心里像有一块大石头终于落地,从此可以安心过日子了。那天应该是大三的下学期,她淡淡地说:"曹老师,不,曹哥,真心为你高兴。毕竟,你是我心中最好的良师益友。"曹一山见她那么自制自尊,心中一凛,从此倒对她更有了好感,越发与她走得近了。

后续,卓玫瑰摔了不痛爬起来痛,还是非常痛苦地过了半个学期,但她是梧桐巷的女儿,可不是铁栅栏中娇弱的玫瑰,硬是捂住心里的血,连鲍菁菁也从未看出。

她还是暗恋他,直到今天。她故意的。她觉得,世间要是没有一个人被自己牵挂,她会活得非常颓废。起码,支撑她出人头地的欲望,主要是想让曹一山以后后悔。这样简单庸俗的欲望,倒让她的生命有了活力。不过,她又委实没找到能让他后悔的世俗的成功途径。她曾幻想成为令曹一山惊叹的作家,但她后来发现,完全不可能,曹一山五岁发表诗歌,十岁写小说,她已经跟不上了。

喝醉酒或者特别脆弱的时候,她也会发短信去关心曹一山。赖大明的手下抢过去又让蔺春华还回来的那个手机上,她没有留下什么暧昧的话,就是时间比较暧昧,大多在深夜。她知道曹一山有晚上创作的习惯,而她也只有在深夜才那么脆弱。

"天气降温了,注意多穿点啊。"她尽量没名没姓,不喊他老师或者哥。

"你也一样啊。"他对她的关心是真的,她知道。

"好的。"她总不忘记加一个"的"字,比鲍菁菁爱单用"好"显得更乖。

最常见的就是这样克制而温暖的两句半,赖大明和蔺春华不细细琢磨时间,恐怕也看不出他俩之间的第四类情感。

男女之间除了爱情、友情、亲情,还有一种情感,多过友情,少于爱情与亲情。她有次想:钱伟健与她,楚宝贵与她,曹一山与她,其实都是不同类型的第四类情感。她有点堕落似的,这些年一直在这三个第四类情感中捞取着一点好处。

这天,曹一山赶到他们常聚的红酥手之前,卓玫瑰一直问着自己,身家亿万的富家子曹一山拔根毫毛,就可以救她于水火,她等会儿把他带进道德的包围圈,逼他资助她,不算缺德吧。

她想到母亲的生命,想到曹一山的身家,感到并不算什么,只是缺了自己的自尊罢了。可自尊在母亲的生命面前,又值几个钱呢?

七七八八盘算着,她也知道,曹一山一定会说,龙胆泻肝丸导致尿毒症这个事情,完全不可能证明。或者能证明,也不是一个人能做的事,应该是一群人多年努力的结果。光鉴定关木通有毒这点,就需要大批专家、大量时间。他会劝她把精力用到母亲的治病上。他知识那么广博,作为江城新锐作家又非常清楚社会百态,该能想到她母亲需要长期透析保命,而她在极度缺钱中。

男作家的心,比女人还细。他不过是总在装粗罢了。她刚想完,一抬眼,就看见镶着核桃木的大玻璃窗外,曹一山牵着一个年轻女子的手,说说笑笑走来。

卓玫瑰一惊,瞬间想曹一山是不是故意的,怕与她单独吃饭传出绯闻,毕竟之前都拉上了鲍菁菁。她一下窘迫不已,欲找后门逃出去,可是已经来不及了,曹一山跟那女子一前一后走了进来。

"玫瑰，这是小尔。小尔，这是玫瑰。"曹一山的介绍像废话，本来一句就够了，他非要两句，好像怕伤着任何一方。

毫无疑问这是他女友，不知道是不是当初留学那个，但很有可能就是那个，因为曹一山说她在一个法企的江城办事处。

也就是洋买办了。卓玫瑰想着，抬眼看了过去。

那女子倒不像职业女性，气质如贵族家中专门培养来做贤妻良母的淑女，看上去姿色只能算中上，有点日本皇室成员那种气质，浑身都是细腻红润白皙干净的，连眼神都比她们巷女更纯净更温柔，甚至略带娇羞。当然，也可能是用了某种羞赧色胭脂。

卓玫瑰不问，也知道她是"小尔"，《诗经》《尔雅》的尔，而不是"小耳"。

几分钟后，卓玫瑰终于看明白了，小尔确实是洋买办大女主，贤妻良母不过是她的伪装色。她在旁边虽不说话，但眼睛的神光外露，表面是陪衬人的角色，神态却像随时准备有戏的主角，却又自始至终很节制，一字不说。

最奇怪的是，每当她转头与曹一山对视，又变成了小鹿样无辜的眼神，唯有观察卓玫瑰时，才会偶尔露峥嵘。

他擅自带女友来赴约，看来是不怕失去第四类情感了。卓玫瑰一下感觉又被人推到十万八千里外了。她甚至怀疑，曹一山在背后跟小尔讲起她时，不知道会不会有轻慢，说她癞蛤蟆想吃天鹅肉。

曹一山最爱吃的霉豆渣煨江鲇端上来后，他一边拿筷子，一边盯着卓玫瑰的脸，小心问："玫瑰，究竟有什么事，需不需要单独说？"

小尔非常懂事，马上说："要不我去旁边商场买点东西。"

"你别走，没什么需要回避的。"卓玫瑰说完，突然想到自己这阵的遭遇，被辉煌砸晕，被报社暗害开除，被村民敲诈，求职难，没钱，母亲还突然查出绝症等着救命……似乎所有不顺涌到了一起……她控制不住，眼泪"哗哗"直流。

她一哭，感觉鼻涕也痒痒地流了出来。她怕曹一山看着恶心，便拿餐巾纸一捂口鼻，跑进了厕所，还锁上了门。

等她整理好自己，补了点粉走出来，却不见了小尔。曹一山有点惴惴地偏头看着她。"师娘呢？"她问。曹一山就说："还不是师娘。她有事，先走了。今天正好陪她逛街，接到你短信，就赶紧一起过来了。"

卓玫瑰也不想再客气，就不提小尔了。她一哭，反而哭出了坚强，不想求曹一山帮忙了。但她弄出这么大架势请他过来，不说点事出来，也脱不了爪爪啊。

为了显得自己不是在找借口追他，想跟他单独吃饭，她只好说："有件事,别人威胁我,说出来会有坐牢的危险,但我琢磨,不跟你说,我自己也没本事搞明白其中的卯窍。"

曹一山一听,马上保护神上身了,说:"我不会跟任何人说的,包括小尔。"

"我明白。"卓玫瑰对曹一山人品依然百分百放心,只是她看到小尔比自己高级那么多后,突然感觉曹一山陌生了许多。

她开始低沉而平静地把被白副总举报敲诈,又被钱伟健推卸责任,导致报社开除的事说了。她说得很理性,因为她根本不在乎这个事了,而她此刻在乎的借钱救母,却说不出口。

曹一山说:"你知道钱伟健的老丈人是谁吗?"

卓玫瑰摇了摇头。

曹一山就说:"是市委宣传部的副部长。而且,我恰好知道,正是这个副部长下过命令,不许新闻单位深度报道财神大厦的事,原因是市里正在搞一个引进外资的大项目,怕城市形象被影响了。"

"也就是说,钱伟健早就知道不能做深度报道?"

"就算他老丈人不是副部长,新闻单位也会接到通知,应该中层以上干部都知道吧。要不我马上打个电话,委婉帮你问问别的媒体的人?"

"不，不需要问了。我也早有这个猜测。事已至此，挽回不了什么了。我只是很奇怪，钱伟健为什么要害我？大家都说我是他的贴心豆瓣、得力助手，我确实也是。人还会无缘无故嫌弃自己忠臣多了吗？"

曹一山思考了一会儿，才说："是啊，他没必要脱了裤子放屁，多此一举。要解雇你，随便找个借口也行啊。何况，你刚才说，去采访前，他还主动跟你说双方偷工减料的个人推理，那确实是对心腹才能说的话，传出去对他有一定危险。"

卓玫瑰愣住了，继续等曹一山的下文。

男人就说："我哥哥那个集团，也在工程中提供了一点设备，我好像听他说过，那阵内部确实吵得很激烈，互相推卸责任，彼此又无证据。再联系你第一天去比较受欢迎，三四天后却大不一样，是不是中间突然开了个口子，城建确实想宣传，不想几天后，又不能宣传了，大家就只好把责任推卸给你。"

"就算上头变来变去，白副总也犯不着投诉我敲诈啊！不搞就不搞嘛，我又没纠缠，更没有敲诈。"

卓玫瑰这样一说，曹一山就眼睛亮了，说："对呀，你可能怀疑错人了。钱伟健推卸责任是人性使然，白副总倒才像故意在害你。"

这一说，事情似乎就合理了。白副总先找钱伟健说要做这事，可能还指定了卓玫瑰，后面他第一天的热情，第四天的冷淡，还叫卓玫瑰在合同上签字并留下来做证据，再加后面的举报，就说得通了，从头到尾，妥妥一个设计陷害。

"可我不认识他呀。"卓玫瑰更惊讶了。

曹一山就说："江城八百万人，下面盘根错节，你以后多小心点。"

卓玫瑰听完，倒吸了一口凉气。很久以后她才明白此事的真义。

她与曹一山道别后，弯进路边一个邮局，细细回忆内心深处另一重人格卓玉得到的关于未来的信息，找了纸笔，向药监局写了一封匿名的检举信，揭发龙胆泻肝丸的毒性。

她不知道这封信会不会改变历史，拯救更多人的生命，但她只能做到这一步了。毕竟，在她预言家似的化身女儿的似梦似真的意识来临时，感知到后续还有太多假冒伪劣危害人类，食品的"科技与狠活"层出不穷，仿佛是繁荣之初必经的良莠并存，是人性与法治的长久博弈。

她很奇怪，未来那么多穿越小说为什么没人写回去打假救人的，总是写回去利用对历史的先知来升官发财。当然，就算偶尔冒出来的卓玉真的就是她，也不是巫师一样的未来透视眼人格体，她也一样无能为力，打不了什么假，因为她太弱小，弱小到解决生计都难。

卓玫瑰那天决定，若未来真有一个女儿，一定取名卓玉，温润如玉，款款而行，再别像她那样急吼吼地做人生的物质救火员。

她把检举信投进绿色的邮筒，走出门来，一下被炫目的阳光刺激得又流泪了。看来，曹一山也许真不是卓玉亲生父亲。她匆匆走着。

当天晚上，卓玫瑰回到医院陪床，到了半夜突然梦见自己飘了起来，贴在天花板上，俯视着熟睡的母亲，以及其余的病友和家属们，还有躺在躺椅上盖着被子睡觉的自己。

这太像濒死体验了，难道我在梦中的梦中，还要死去一次？她心里一惊，挣扎着醒了过来，又发现自己是卓玉了。

卓玉想起白天见到曹一山的经过，以及顷刻间接收到母亲与曹一山七年多的所有细节，真是很诧异——

为什么母亲要把爱情弄得这么复杂，这么曲里拐弯？

她在回到江城前的2035年，在一个朋友的红酒山庄葡萄园里遇到了比尔。那时她还不知道他是个脑科学家，只觉得他与她过去的几任男友长得非常相似，中西混血，高挑的身材，对中国和西方都非常了解，是个开朗的世界人。

聚会结束后，他俩一起回到城里，第二天就开始约会，不久就睡到了一起。这跟过去几次恋情一样快，也是卓玉理解的爱情的本质。它无关这个人的背景以及过往所有，只有心之所引，似乎是前世注定。

而醒来后她发现，他恰好也是江城人的外孙，与她几乎同一时间在江城生活过，这是个意外惊喜。

大半年后，卓玉有了回国的念头，比尔也愿意跟随。他过去几十年一直是"世界游医"，利用自己的本事提供无国界医疗援助，服务了好些个国家。比尔私下跟她说，他不是仅仅做慈善，也有私心。他想见识下各国顶级脑医院的管理及设施，未来他将创建个世界级的脑医院。

卓玉一点不觉得同龄的比尔创业太晚，人类的寿命已经普遍抵达一百三十岁以上，比尔不过是个青年。她想他会如愿的。

卓玉也不太关心自己离去或昏迷的这段时间，比尔是否会出轨。

他们那代人，已经不再以结婚和占有为目的。当她想起比尔，更多想的是他的身体，以及各种迷人有趣的小习惯，连交流思想都显得多余。反正每个人都把文史哲经典知识输入得差不多了，说出的话基本趋同。2057年，哲学奄奄一息，宗教也差不多到头了，或者说它们都被尖端科学解释清楚了。人类唯一剩下科学，而科技知识关涉团体甚至国家机密，他们更无须交流。

那就用身体交流吧，最原始的也许最高级。

是的,她因为那些接近本能的东西而喜欢比尔,比如他的气味、他的性交姿势,并且在大康均保的社会不太害怕失去他。她们那代女性已经知道,谁也不是特殊的,世界多姿多彩。即便某天失去比尔,想起来也是一段美好的回忆,而不是遗憾,彼此不会有怨怼。

就是这样君子之交淡如水似的,她与比尔的关系反而特别稳定,彼此都没有过多的要求,也就没什么外心,真如古人所说,舍了才得,相敬如宾。

卓玉不明白,母亲为什么对爱情如此看重,内心要死要活的,纠结千重。

"怎么说呢,母亲就像一头蹲伏在草丛中的猎豹,随时准备把看上的男人悄悄裹进爱情的油锅,大家一起缠炸而死,谁也别落好。越悲催越具有美感。啊,太可怕了,这是爱情吗?"卓玉叹息一声,又睡了过去。

在梦里,她突然开始大声朗读《玫瑰或金》接下来的片段——

我有一个男友一个女友,他们从不缺钱,甚至意识不到钱的存在。他们过着极简又奢侈的物质生活,是的,听上去像个悖论,但其实又是真的,就像王宫里没有薪水的王子与公主。他们是我比亲人还亲的人,一个关注对各种真理的探索，一个关注生命该有的快乐，而我并不知道自己该关注什么。他俩都以为我跟他们是一样的人，怎么说呢，就是那种灵魂坐在雪山之巅俯瞰世间的人。我开始也以为我是，直到我被抛进命运的更底层，我才发现我并不是。我也许只是一个需要将清自己与金钱的关系的人，如大多数前后接受两种不同教育的国人一样。

念完这段，卓玉吓得醒了过来，心跳怦怦。

她意识到自己在二十世纪九十年代的岁月怎么也避不开这篇文章，好像有股暗绳，定期把她拉到《玫瑰或金》上面，细细审视。

十二　惊出了三魂六魄

那时候,卓玫瑰还不知道,一周后她将见识一个令她震惊得足以载入家史,但却要被她永远埋葬的画面。

那天上午,卓玫瑰打理完各种杂事,送走查房的护士,见打着点滴的母亲再次虚弱地睡了过去,就把手指放在嘴唇边"嘘嘘",请求隔床病友压低声音说话。

楚宝贵就是那个时候推门而进的,他手里提着五颜六色的保健品,没有水果和鲜花。梧桐巷人探病都这样实在,有的还直接空着手,只塞红包。

楚宝贵问了几句,听说王学先快出院了,后续只透析吃药就可以了,他表示很高兴。他拿出一个厚厚的牛皮纸信封,目测内有万把块的样子,说着求菩萨保佑之类的话,递给卓玫瑰。后者已不再是海狸鼠被杀时卓玉的意识了,想收又不好意思。

两人推了几下,楚宝贵低低嗔怪说:"都失业了,还跟我客气干吗,至少这点可以顶两三个月了。"卓玫瑰问谁告诉他的,他就说:"你不上班了,经济开发部员工都知道。钱主任派来代替你跑辉煌那小子,嘴岔得很。"卓玫瑰突然想到母亲还在旁边,就示意楚宝贵到门外去说。

他俩赶紧出了病房,掩上门,却不知道王学先的脸上慢慢爬满了泪水。

卓玫瑰跟楚宝贵一交流,气得想骂人,钱伟健竟然对下属的解释是,卓玫瑰生活作风有点问题,经常半夜发短信骚扰他,所以被解雇了。

那么追求文雅反对暴力的她,都想求楚宝贵找人去打钱伟健了。楚宝贵安慰说:"不急,没一个人信,就连跑辉煌那岔嘴小子也说,估计是钱主任没得手,恼羞成怒,把人家给解雇了。"

卓玫瑰听了,松了口气,说:"人民群众的眼睛是雪亮的。"

这时楚宝贵就问她,想过以后怎样支撑干妈的透析费没。卓玫瑰一愣,想商人到底是商人,不跟你绕弯子。她就说,还没想出法子。梧桐巷的房子也不知道能卖几万,改天她去打听打听。

楚宝贵就说:"要不你跟着我干?高管的基本工资加上

奖金啥的,小几千元可以有,那就大头朝下了。"

卓玫瑰马上推辞,但又不敢说是蔺春华的原因。她觉得,蔺春华若知道楚宝贵帮她,定会要求他解雇她。本就一场空,她何必多此一举,耽误时间。

楚宝贵还想说什么,不料电话响了。他一看,竟恰恰是蔺春华打来的。女人说有工作上的急事,他只好道了再见,匆匆离开了医院。

卓玫瑰看着手里装钱的信封,感觉很奇怪。至此,竟然只有楚宝贵给了最实在的帮助,而她心里,一直都因为他文化程度不高又不帅,有点看不起他。

接下来的几天,卓玫瑰看王学先情况暂时按伏住了,又有护士和同房病友,以及有空就送汤来的二嫂看护,白天就花了更多时间去跑应聘。有几个工作谈到一千五百元以上高薪了,虽然看上去公司规模不大,但好歹有了点希望。

有天下午她带中介来看梧桐巷的房子,二嫂偷偷潜伏在门外偷听。等到中介走了,二嫂跑进来,拦着她,不要她卖房。二嫂说巷子里的人都说,附近的规划是商业区,梧桐巷以后会沾光的,会被开发被还建的,卖了要后悔死。

卓玫瑰惨然一笑,说:"以后,以后是哪天呢?我妈现在活一天是一天。"二嫂就哭了,请求她原谅自己没用,只能帮上几百块钱的忙。卓玫瑰赶紧安慰她,心里想:你的几百块也比楚宝贵的一万块珍贵啊。但她没说出来。二嫂哭了一会儿，擦了眼泪，说："玫瑰，这个病，是个持久战，你现在就卖房了，以后怎么办？你要留到吊在悬崖边边上的时候再卖。"二嫂那代人，都是熟读领袖语录的，《论持久战》背得溜溜熟，张嘴就来。这话可是真理，直击了卓玫瑰的心。她一下瞧不起自己了，确实还没到悬崖边边上吊着，她应该退房，减少开支，搬回来跟母亲住在一起。

卓玫瑰半解放人格，回头就去找了租住屋的房东，像她最瞧不起的母亲那代没啥文化的妇女一样，一把眼泪一把鼻涕地说了家里的事，还学着她们假装要下跪的样子，慌得房东扑过来扶她，不仅退了她所有钱，还额外送了两百块给她。

又找了几天工作，她最终决定去一家名叫天使公关的虚头巴脑啥都做的公司做副总。那公司只有四五个人，做的业务大部分与她在经济开发部做的雷同，各种活动策划、广告代理、有偿编书等，还有代办执照等若干晚报没有的内容。那个农村来江城创业的老总有个喜好伪贵族打扮的、一看就文化程度不高的老婆，戴着贝雷帽，杵在旁边监视着应聘过程。有的女子被她吓走了，卓玫瑰却因为老板有个镇山虎，反而愿意来这家。更重要的是，她目测他们感觉有点高攀她，给她一千八百元的高薪，其余则跟晚报经济开发部一样,按项目提成,但提成的比例,却比店大欺客的晚报要高几倍。

"要是干好了,收入会很高。"卓玫瑰盘算着,有点欣喜,也没细想他们除了有个营业执照,其余资源还不如她,一手一脚都得靠她自己凭空搞出来。

卓玫瑰收拾好行李准备搬回梧桐巷那天,感觉天很蓝。春节已经在她一家的垂死挣扎中悄悄过去了,忘记了,如今突然看到树枝的嫩芽、路上的小花,她不禁深深感谢老天额外开恩,又给了她一条生路。

卓玫瑰带着阶段性轻松的心情回到梧桐巷,却发现虽然院门关着,但堂屋的门开了,显然母亲自己出院了。

她急匆匆扑进堂屋,放下行李,转向左边的卧室,一进门就呆住了。

紧邻母亲床边的地上,放着茶几、衣帽架,还有玫红色的塑料澡盆。衣帽架上挂着一包装满液体的塑料袋,上有管子垂下来,像医院输液的架势一样。不过液体包很大,有两三斤重的样子。茶几上则摆着酒精、胶带、小瓷盆、密封的碘伏帽等各种杂物。王学先听见她进来,也没回头,只说了句:"站那里,不要动,别把外面细菌带进来了。"

卓玫瑰有点吃惊,还没回话,就见母亲转头看了她一眼,然后开始在茶几上的一个小面盆里洗手,又拿酒精擦手。

"这是什么？"做女儿的终于憋不住开口了，声音都在发颤。

"透析液。"母亲淡淡回答，顾自慢慢操作，"不想要我命，就别进来感染我。"

卓玫瑰搜肠刮肚，想起当学生时似乎听人说过自助腹膜透析。那是穷人选择的不得已的办法，在肚子上开个洞，自己透析，一旦消毒不严而感染，就会毙命。而且，自助腹膜透析每天要做三四次，睡觉都要上好闹钟，免得睡过头。可以说，余生全部的时间都被自助透析绑架了，不是在透析，就是在为透析做准备，或收拾透析后的烂摊子，哪也不能去。

她豁然明白后，心里一下拔凉拔凉的，好像亲眼看着羊入虎口、人被车碾那样绝望。

她努力思考，母亲这样做是不是想羞辱她无能，就像她过去一贯开口爱说"要吊死自己，要让你卓玫瑰一辈子抬不起头来"一样？如今，她真的付诸行动了，真的行动了。做母亲的没跟她商量一下，就选择了如此恐怖的家庭腹膜透析。

卓玫瑰感觉头皮发紧发麻，又不敢贸然冲进去影响这生命攸关的事，只好心跳怦怦，睁大了眼睛，屏住呼吸看。

她见王学先依然冷着脸，好像电影里的革命先辈一样，带着大义凛然的神情，然后，把地上的塑料澡盆再次踢到更合适的位置。

卓玫瑰看她踢一个空塑料盆都吃力，想过去帮忙，王学先又摆摆手，阻止了她。然后，做母亲的坐到床边，面对女儿，又开腿，掀开毛衣，露出肚皮的部位。那里有约莫一尺长半尺宽的多层硬质口袋遮着肚皮，里面向下伸出一根细细弯弯的短塑料管子，顶端盖着塑料帽，特别古怪。

卓玫瑰脸色苍白，直流汗，努力控制自己不腿软瘫倒。

王学先又抬头看了看她，见她那样子，有点轻蔑又有点高兴，仿佛这正是她要的效果。她还是不说话，煎熬着女儿，让她明白此生有多对不起母亲。她用酒精棉球慢慢擦拭消毒着一切，再把肚子上管子的塑料帽拔开，与透析液袋子上的管子对接在一起，然后，又用胶布固定好两根管子在她腿上，一根来自挂在衣架上的腹膜透析液，另一根把流出腹部的液体导入她脚下脸盆中的塑料袋里。

整个过程她俩都没说话，但有一种阴森的氛围。

终于开始透析了，卓玫瑰松了口气，她想了想，起身去衣柜找了块干净毛巾，轻轻搭在母亲肚子上，怕没被口袋遮住的肌肤着凉。

做完这些，卓玫瑰开始无声地流泪。王学先有点不耐烦了，说："哭啥呀，扮得蛮，才吃得够。我老家有个人，就是在肚子上打了个洞，自己在家透析，后来活了好多年。"

卓玫瑰听不下去了,转身出门,哭着去医院请教主治医生。

她知道了,是母亲反复请求打洞的,还因此多住了三天院,又知道了那个洞的风险有多大,还知道了那个洞可以随时封上。她心里有底了。

她又赶到应聘的那家公关公司,不想人家突然不认账了,说有着不能说的原因,不能聘用卓玫瑰。卓玫瑰反复询问那个看上去还挺老实的农村小伙老总,想说服他聘用自己,但他始终表示爱莫能助,说自己不能做主。

卓玫瑰走出来,推测是老板娘吃醋了,在背后搞怪。她心里委屈,也没办法,忍不住就打电话跟曹一山说了,习惯性求助于智囊。不想对方竟说,这显然是一个骗局嘛。

原来,江城有些小公司专门靠高薪招人,吸引大家报名,每次一人收五十元报名费。他们每个月都在招聘,不知道搜刮多少人了。

"这才是他们真正的项目。薪水高,要求低,若一次吸引报名一两百人,一年招聘几次,就够小公司的基本办公开支了,"曹一山说,"我哥哥集团那边倒是缺办公室文员,但离江城太远,你应该不愿意去。而且,非技术人员工资不会很高,打交道的粗人也多……说真的,我自己就一直在逃离家乡。"

卓玫瑰想到,对方并不知道自己母亲病了,需要长期贴身照顾,她就马上拒绝了,说:"是呀,我也是费了千辛万苦才从梨花镇逃回来的。"

曹一山就在电话那头嘎嘎笑了,完全不知道她处于生死困境中。

十三　开始走进迷宫

过去整天唠叨抱怨不停的王学先，突然变得沉默起来，说是在养真气，卓玫瑰倒不习惯起来。

她十八岁后就尽量躲着母亲，从没像这样一年到头在家过，还真有点不习惯。她趁着王学先自助透析那些漫长的时间，去后院看粉子头，把它当成曹一山第二，与它对话。

她说的话后来也被写进了《玫瑰或金》这篇文章里。

当我被命运翻进长江，需要金钱来摆渡的时候，金钱却已经听不到我的呼唤了。原来，赚钱竟是世上最不容易的事。过去，巷子里的人对发了财的人各种诽谤，好像只要人一堕落，金钱就会从天而降。我听了也从没想过合不合逻辑。尤其看到个别熟人的堕落，更印证了这观点似的。后来静心一盘点，才发现目力所及的业务员,也有纯靠推销致富的。那会儿大家都在看《你是最伟大的推销员吗》这种书,我也凑趣买了一本,旁人就笑我,说我不懂推销的潜规则。说男人要喝甲方用皮鞋盛的酒,女的要跟人搂搂抱抱。当然,他们用的是比喻的说法,意思是说任何业绩背后都不干净。难道,就没站着挣钱的人吗?

实际上,卓玫瑰跟粉子头说完这些后,就找到了答案,但她没有写进文章里。卓玫瑰那天想到的是,中文系毕业的人,快速生财之道确实只有跑业务。跑业务若找一家产品过硬的,公司档次比较高的,然后用"跑百家成一家"的彪悍心态,不跟人潜规则,应该也可以发点财,足够母亲透析五年八年,并找到肾源换肾。她按当时物价算了算,觉得十年时间挣一百万,也许可以救母。

"反正我也没什么脸皮了,就去谈百家成一家吧。"

她雄赳赳冲出梧桐巷,却看见楚宝贵的雪佛兰又开来了。她挥挥手,在路边等小焦停车,心里蓦地有点期待什么。楚宝贵下来第一句话却是:"你怎么能让干妈在家里透析?太危险了,一旦感染,就没救了。"

卓玫瑰问:"你怎么知道的?"

楚宝贵说:"我刚出差回来就去医院了啊,不知道干妈出院了。"

卓玫瑰听了,心里一热,当时就想,不如先跟着楚宝贵干吧。他从两万元起家,几年就到百万身家,虽说借了蔺春华的力,但他也不是吃素的啊。他若邀请她去,难道想不到自己女友会反对?想来,他一定是有应对法子。

一念至此,她就说:"宝贵,我妈睡了,你别进去了。咱们出去谈谈。"

楚宝贵心有灵犀,便说请她去江边最豪华的郁金香酒店吃午饭,一边吃一边谈。"看你这阵憔悴的,去吃点好的补补。"他说。

郁金香是江城富丽的酒店之一,藏在江边一个硕大的公园里,进了十几米高的镂空雕花铁门后,还要在弯曲的种满棕榈树的大道上开车十来分钟,才能抵达酒店主体楼群。这里的菜很有名,卓玫瑰当假记者的时候,跟着甲方来过两次。

当天楚宝贵征得卓玫瑰同意后,点的是甲鱼宴,几乎每道菜里都有甲鱼的某个部位,煎炸蒸炒,一菜一格。当家菜则是一大土陶钵子"霸王别姬",也就是野生甲鱼烧土鸡。

楚宝贵问卓玫瑰是不是终于想通了,愿意来跟他一起干"革命"了。卓玫瑰微笑不语。她突然发现,唯有在这个人面前,她可以转起来。从小到大,他对她都是鞍前马后地跟随。为了讨她欢心,他有几年话多到成了唠,直到她说不喜欢,他才控制了自己,但依然话比常人多。真正明白沉默是金,是在他发财以后,但这天,几杯酒下肚,似乎他又开始失控了,有点掏心掏肺的旧样子。

"玫瑰,上次我没跟你说清楚,不是让你来喷泉研究所,而是去新公司。"

"你又有新公司了?"卓玫瑰吃了一惊。

"不,还只是蓝图。我需要你这样的自己人,一起开拓新天地。"楚宝贵说。

"感觉都是官腔了哈。"卓玫瑰笑他,"能直奔主题吗?"

"原谅我,玫瑰,长期跟官员、学者、企业家吃饭,我也说话文绉绉了。"楚宝贵嘿嘿笑了。

卓玫瑰夹了一块裙边,送进嘴里,想:他并不知道,我就喜欢文绉绉的人。

那厢楚宝贵已经敞开说起来。他的音量并不高,是刻意压抑的那种高贵的低音,但卓玫瑰一个字也没漏听。这里很安静,中午没几桌客人,空间高达四五米,是用了不少名贵木材的简中风格,四角摆着不知真假的古董,墙上挂着不知真假的山水画,地上则铺着厚厚的地毯,大圆红木餐桌之间距离比较大,连服务员都远远恭立,不敢近前。

卓玫瑰好喜欢这种调调,感觉就是自己毕生追求的不同于梧桐巷人吵吵闹闹、无缘无故就撕人还不自知的生活。她要的就是安安静静、干干净净、礼礼貌貌啊，可是，这种生活却要钱来支撑。

她当下就想，不管楚宝贵做的是什么项目，她都跟着他搞。一来可以救母，二来楚宝贵已经在许愿，说元老可以配干股分红。既然富贵可期，她为什么要怕蔺春华，她应该为了发财，像海燕一样勇敢地高飞，啄瞎蔺春华的眼睛。

卓玫瑰那代人，对高尔基的《海燕》倒背如流，此时在二两五粮液的刺激下，心里突然斗志昂扬，冲口而出："让暴风雨来得更猛烈些吧！"

正在介绍项目的楚宝贵愣了下，说："对，让暴风雨来得更猛烈些吧。时代这么好，咱们应该趁着年轻，把能干的事干到最大。"

卓玫瑰吓了一跳，这才专心听楚宝贵说话。原来，他跟赖大明交往后，被后者的雄心与信息点醒，猛然醒悟到，真正要做大，并不是过去以为的做个大工程，或者再进一步，做个铺满全国的产品，打开电视就能看见自己的广告。"都不是，"他说，"最大的企业家应该让广大人民群众都拿着钱，反过来投资你，集腋成裘，聚沙成塔，也就是上市。"

"上市，太敢想了。"卓玫瑰说，"江城上市的国企也没两家啊，民营更是没有。"

"上市确实太遥远,但上柜还是不远。"楚宝贵说的是股票托管上柜交易。

"上柜的目前也没民企啊。"卓玫瑰到底在媒体工作过,对市里的事情还是很了解的。

"跟赖大明多次吃饭后,我才晓得,市经委已经放出风来,两年内要给民企两个名额。别看不起柜台交易只有一两块钱的股价,听说股民都大几万了。就算上市遥远,上柜也算一只脚上市了。"

"你的企业还不知道在哪里,黄瓜还没起蒂蒂,人家有的竞争者早都规模很大了。"卓玫瑰说这话时,心里瞬间想到资产过亿的曹氏集团,以及搅拌车和房子值八千万的辉煌。

楚宝贵只能就近想到赖大明等,注意不到几百里外的曹氏集团,便看了看四周,凑近卓玫瑰,神秘地说,别看他一无所有,要去争取那两个名额,反而比泥杆子们强多了。

关于"泥杆子"这个称呼,楚宝贵之前跟卓玫瑰去辉煌集团前,在车上就说过了。这不是他发明的。实际上,江城本地人对全省最有名那批民营企业家都不太服气,用泥杆子的称呼来贬低他们。那些人都是村乡镇县出身,二十世纪八十年代拥进江城小商品批发市场,从零售到批发,再后来又转型到制造业或重工业,成了第一拨带头富起来的千万富翁。他们喝洋酒、抽洋烟、吃山珍海味,连服装都要去香港买，江城小市民总刻薄地骂他们是红苕屎都没屙干净的假贵族。

卓玫瑰也曾听报社人说，夏鸣笛等一大拨江城老板去欧洲买服装，并不仅仅是追求生活品质。他们一年去两次，大包小包尽量买，回来小部分自用或送礼，大部分用来拆开打版，疯狂剽窃款式。报社人说那事时，也用了泥杆子这词。

作为本地土著男的楚宝贵，心里自然也是不服输的了，他就在甲鱼宴上，说了自己的优势。他说："我已经打听清楚了，那群泥杆子并不知道，市经委真正想扶持的企业，是要有科技含量的。你看看赖大明他们那一拨，不是做服装，就是做餐饮，或者修房子啥的，全是传统行业，能够挣到几百万元或几千万元已经到头了。以他们的能力，也只够做到那么大的盘子。"

"你想搞高科技企业？"卓玫瑰吃了一惊，想楚宝贵不也是低学历吗，半斤对八两，但她没说出来。

"不，不是搞高科，而是搞一个有科技含量的民用产品。"楚宝贵纠正了这点轻微的不同，继续说，"如今世道变了，产品必须有一个科技概念，再围绕着这个概念去营销，政府才会支持你。赖大明太落后了，以为贯个标就不得了了。"

"那，我们究竟搞什么呢？"卓玫瑰还是不明白。

楚宝贵就说："我也没想好。万丈高楼平地起，就是要靠我俩去寻找新的经济增长点,寻找高附加值产品。"

"新的经济增长点、高附加值产品……你可真是一套一套的,像个研究生说话。"卓玫瑰笑了。

楚宝贵就说:"我不像你那么爱看书,但我在实践中疯狂学习,像海绵吸水一样,直接把领导和专家的谈话拿过来。听他们一席话,胜读十年书。"

卓玫瑰不知发小这话正是从赖大明嘴里听来的,只是想,怪不得他有事没事到处请人吃饭。他那个来头,也请不到特别大来头的人,科长处长局长教授类是常客,他显得乐于结交各界中流砥柱,甚至因为搞喷泉,还加入了美术家协会。

卓玫瑰一时还想不到楚宝贵更多的动机。

酒足饭饱返程时,已经半下午了。半晕晕的卓玫瑰经过城建集团大楼时,额头顶着玻璃,恶狠狠盯着台阶上大门侧那单位的名称竖牌。不想这一细看,可不得了,蔺春华正从一辆车中出来,上了台阶,往大门里走去。

卓玫瑰马上转头,厉声问楚宝贵:"蔺春华跟城建集团很熟吗?"

同样半醉的楚宝贵就打了个饱嗝,说:"熟啊。你,你不晓得吗,你妹最近跟赖大明打得火热呢,挂了个辉煌集团副总的职,专门帮他收工程欠款,拿高额提成。城建的款,你妹也能收回,石头也能打飞机了。说真的,我这边有些尾款，也得靠她去收……你妹，能干着呢。小时候就没看出来，这么能……"

说者无意，听者有心，卓玫瑰的酒醒了大半。

她有点怀疑蔺春华跟白副总是认识的，就说："城建有个白副总，你认识吗？"

楚宝贵却说："认识啊，都是建筑行业的，咋会不认识。我还听说，就是他下手去举报你的。这个杂碎。"

话音一落，楚宝贵就靠着后排椅背，呼呼睡了过去。原来，他和蔺春华，甚至包括赖大明，都知道卓玫瑰被解雇的真相啊。这就是赖大明不再希望她过去的原因吧，用她等于得罪城建、晚报、设计院等一大拨人了。

她想，自己早该想到企业家们都有通天的信息渠道。楚宝贵为了她面子，或怕得罪牵涉其中的人，难得糊涂着呢——真是人精。

可楚宝贵为什么又敢聘用她呢？他就不怕得罪潜在大客户城建？是感情大于理智了？

卓玫瑰一念至此，更猜不透他刚才是清醒还是糊涂的，但却一下切断了调查的动力。是呀，江城建筑业的管理层互相都认识，何况蔺春华那种交际花一样的社交狂人呢？

那么，谁才是白副总背后的黑手呢？卓玫瑰把头想痛了，也没线索。

十四　命运似乎给了她一块糖

楚宝贵带着司机小焦，提着鸡鹅鸭，来王学先家，亲自掌厨，烧了一桌子菜，一边敬饮料，一边劝干妈回医院去把肚子上的洞封了，每周两次去医院做肾透析。

他还说他会派公司的车接送她。

王学先已经被自助透析弄得苦不堪言，且心惊肉跳，此时却假意推却。楚宝贵从小就很会劝人的，便道："干妈，玫瑰已经同意跟我一起去创业搞新公司，付得起透析费了。"

"新公司？万一没搞好呢？"王学先这次可不是习惯性乌鸦嘴，而是想逼楚宝贵承诺点什么。后者心领神会，就说："干妈，干儿子没啥大本事，万一遇到啥事，帮玫瑰周转几个月，让她找到新的发展机会，也是可以的嘛。"

王学先似乎对承诺还不满意，还想作，楚宝贵就抢先说："干妈，你要是因为自助透析感染了，玫瑰就会被全社会的唾沫淹死。你忍心吗？"

楚宝贵反过来扔了副道德枷锁给王学先，她只好答应了，说吃完饭就去医院封洞。想到两三小时后就不用再自助透析了，她默默松了口气。

那厢的卓玫瑰一直没说话，却在想，初中的时候，她感冒了，楚宝贵来家给她熬粥，还做了几样开胃小菜，不想王学先进门看到，竟一边骂着，一边举起大锅盖，劈头盖脸向躺在床上的卓玫瑰砸过来，说她把家里搞得乱七八糟。她实际上是想吓走楚宝贵，最怕女儿跟这个船工的儿子早恋。男孩子心里明白，却冲上去挡住了王学先，好言劝慰，胳膊还被锅盖磕青一块。卓玫瑰依然记得那个陈旧的凹凸不平的铝质锅盖，白晃晃的仿佛还在眼前。

是啊，那个锅盖哪里去了？似乎是卓玫瑰读大学那几年不见的。

可是今天，要不是碍着有个蔺春华，看王学先那架势，差不多想逼婚了。做女儿的心里轻蔑嗤笑了一声，想：幸好有母老虎般的蔺春华杵在那里，我可以放心地继续暗恋曹一山了，不用担心楚宝贵追我。

事情就这样成了，命运似乎给了卓玫瑰一块糖。

她暂时任项目组组长，一个月拿三千元的高薪，是江城平均工资的五六倍，还报销一些外出的费用，凑着手上之前楚宝贵送的一万元,勉强能支撑每个月四千元的透析费了。三不五时地,她还去厂里的财务科"泡蘑菇",像那些要合同尾款的人一样,赖在那里坐着,不说话也不走,一搞半天,弄得财务科科长说:"玫瑰哪,你不是小时候那个碍口识羞的姑娘伢了。"她就说:"救命要紧,还讲啥脸皮。"科长没办法,叹口气,不得不每次挤一点钱出来给她报销,同时叮嘱她别来了,要相信组织,有钱会通知她的。她像没听见一样,不应声,决心跟财务科斗争到底。厂里人都说,王学先家的丫头变质了。

项目组设在离喷泉研究所几公里远的一间百来平方米的写字间,楚宝贵没事就会过来,另外又招了两名刚毕业的大学生,协助卓玫瑰的工作。

"为什么想到找我来一起创业?"有天晚上加班,两名年轻人先走了,卓玫瑰一边吃盒饭,一边问楚宝贵,"我又不是搞过企业的人。"

楚宝贵就说:"企业家最重要的是用人。人用对了,事情就成了大半。当然,我还算不上企业家,只是一个商人,或者说一个包工头,但我打算用企业家的标准来要求自己。"

"宝贵,你真不是我认识的那个宝贵了。可你还没回答我的话呢。"

"对,我为啥用你,因为你不晓得你就是企业家最想要的那种人。"卓玫瑰抬眼看着他,刚想开口,楚宝贵用一次性筷子示意她听他说下去,"世上最难得的是人品好,你我知根知底,我敢肯定,玫瑰你是世上最不会背后使坏的人。"

卓玫瑰笑了,说:"不一定啊。"

"一个人的底色在那里,我不会看错。"楚宝贵继续说,"第二是有能力的人。"

"哦?"卓玫瑰有点吃惊,她以为他只是为了第四类情感在给她机会。

"你看,你虽然没搞过企业,但你从小就聪明,学习好,还特别会把大事分解成小事,一步步去实施解决。你忘记了,学校上千人的晚会,一二·九歌咏比赛啊五四晚会啊,你好几次做总指挥,不出一点差错,我那时就想,真是个人才啊。"

卓玫瑰吃了一惊。她没想到自己做少先队大队长、共青团班支书、大学的课代表加校报副主编啥的,竟也是一种能力。她眼睛亮了,饶有兴趣地说:"快,继续找我优点,表扬我。"

楚宝贵也笑了,说:"你不能翘尾巴,也不能要挟马上涨工资,我这边钱的缺口大着呢,你不懂干企业的难,每天一睁眼,要养这么大的摊子。"

"好吧,我答应跟你同甘共苦,你继续表扬我。"卓玫瑰开着玩笑,楚宝贵却一正色,说:"真的,玫瑰,你太完美了,又聪明又正直,世上难找。"

卓玫瑰想到他小学、中学追自己的事,脸也有点红了,找了个借口,下班了。

当天晚上,卓玉又莫名闪回,似乎这事还没规律。她躺在王学先隔壁的卧室里,想起母亲玫瑰在世时,确实心细如发,做事思维缜密,有条不紊。母亲是处女座,还是群星处女座,没想到这样的品质,让她成了楚宝贵眼里绝好的员工,但也因为这样的品质,让母亲一生对卓玉保护过度。卓玫瑰有阵也因替女儿考虑过细,有点唠叨了,卓玉就提醒她,宇宙中精神的力量是很大的,担忧等于诅咒。幸好卓玫瑰也是酷爱阅读与思考的人,当下就知道女儿所言不虚,做一个安静的只懂得祝福的母亲最好。

这就是母亲与外婆的最大区别,前者相信人类并不了解九成以上的宇宙。

那天晚上卓玉还想到,楚宝贵会不会是她的亲生父亲?但她还是深刻体会到,母亲并不爱楚宝贵,只爱曹一山。

这让她迷惑了。

虽然她来自未来,但母亲与这些人的纠葛从没说过写过,而且这些人,在未来世界的信息里,似乎也不存在。也就是说,他们的名气没达到不主动搜索也能偶尔蹦出来的地步。

可是今天，楚宝贵他们个个都像要干出大事的弄潮儿，为什么在未来的江城历史中，他们都像素人一样，杳无音讯了？

卓玉想着想着，就睡着了。

十五　充满隐秘疑点的夜晚

楚宝贵再把卓玫瑰夸成一朵花，她也明白，人家是一搭两就，在顺手帮她。于是，士为知己者死，她亡了命地发挥性格优势，地毯式篦虱子般找好项目。

开始的时候，楚宝贵也比较蒙，不知道从何找起。卓玫瑰就跟他协商，先制定若干标准，缩小范围，比如民用。毕竟非民用的销售渠道楚宝贵暂时也不能打开，而且非民用还比较受宏观调控影响，需要政策顾问与预测，这不是他们能驾驭的盘子。再比如，找投资不太大的。究竟多大才不算大，楚宝贵也说不出来。他的研究所与私人住宅等，跟信贷员关系好，估值高点可以抵押小几百万元，但市里为了促进经济发展，贷款政策相当松和，若会操作，也可以放大数倍，并另外得到一些政府计划的贷款支持，比如江城高新计划、江城太阳计划，名目很多，七七八八加起来，总贷款额接近一千万元也不是不可能。不想他竟对卓玫瑰说,先把一亿元以下的都找来,看有没有能力搞。当然,五千万元以下投资是主打,两三千万元最好。卓玫瑰呆了半晌,看他那么自信,也只好照办。

卓玫瑰要起身离开了,楚宝贵突然叫住她,说:"你知道企业家跟普通人的区别是啥吗?"卓玫瑰摇摇头。他就说:"普通人有多少钱办多大事,企业家则制定好目标,再去找钱。"她看他眼睛那么亮,就猜想又是那些高人在饭桌上传授给他的。拿来主义也不错。她想完,笑笑就走了。

到了拐角的时候,她才想到,他还是跟小时候一样,希望她觉得他很牛,否则,一个老板不需要跟下属说那么多发财秘籍。

那时互联网还在初级阶段,网上没什么信息,他们便只限于在本地找项目。卓玫瑰又说发明专利比较罕见,他们便缩小到找实用技术专利。

有了标准,卓玫瑰很快制定了寻找途径。她要求助手们翻开电话号码黄页,找一切能中介专利技术的公司,电话询问后,择重点上门拜访。她则亲自去各个科研机构及高校实验室。为了给楚宝贵省钱,她不许自己和下属用车,更不许打的,只用公共交通和自行车。那时夏天越来越近,他们三人没几天就晒得黢黑。挤在沙丁鱼一样的公汽里,她几次差点晕倒,但她从不说,也不许下属说。老板楚宝贵似乎也没意识到他们的艰难,研究所闲着的面包车,一周可以去接送两次王学先做透析,却不给新项目组这边用。

卓玫瑰浑然不觉,还给楚宝贵布置了任务,要他在跟领导和专家吃饭时,也打听一下方向,缩小搜索范围。

"这个方向不就是他们指出的吗?"楚宝贵说,"那你再打听下具体的项目。"卓玫瑰像对待下属一样,硬是不放过老板。楚宝贵打听了一阵,来向卓玫瑰汇报,说:"打听到了几个,但我一听就不想搞。"

正在做分析报告的卓玫瑰眼睛一亮,说:"别管自己的好恶,说来听听。"

楚宝贵说:"农大有个把苍蝇和蛆虫养大再磨成粉的项目,说是特别有营养,是人类未来的食物。我要是消费者,再营养我也不吃,光听听就想吐。科大还有个屋面防水的,说刷一层涂料,楼顶预制板五十年不漏。真有这么好,咋还没见人去抢买这个专利?漏水这事如今全国都没解决,除非现浇厚厚的楼顶。我做喷泉的,接触了不少建筑公司,这点我还是懂的。还有个科研所,说发明了个啥仪器,戴几个月就可以治好近视眼,可我想,比尔·盖茨都戴着眼镜,连他也没办法……"

他的话还没说完,卓玫瑰就笑了起来,说刚才自己的思路跟楚宝贵步步一样。

楚宝贵就说:"咱俩不是青梅竹马嘛!"

这一说,卓玫瑰有点尴尬了,毕竟又是加夜班,只有两个人在办公室。

当晚跟往常一样,主要分析一些有潜在可能的项目,并写成简短文字报告,让楚宝贵给暗中支持他的专家和官员看,帮忙筛选。方向走对了,才能得到政府贷款以及未来上柜的支持。

那些人究竟有几个,都是谁,卓玫瑰当然不知道,也不想知道。

他们租的这个办公室,是临湖五楼的一间,能闻到湖边那一大片早开的夜来香的香气,再与逐渐璀璨起来的湖边夜景相配,真有令人想掏心掏肺的冲动。

九点过的时候,小焦与楚宝贵的住家保姆齐阿姨一起来送夜宵,又走了。两人停下手里的活,一边喝着啤酒,吃着卤鸭脖、煮毛豆等,聊了起来。

卓玫瑰很大胆地问楚宝贵:"从小到大,你都说想去参军,要当个军官。为什么我读师院那几年,你突然去做生意了?"

楚宝贵停下咀嚼,沉默起来,呆了半晌才说:"玫瑰,其实我高二就打算这辈子要经商了,只是没告诉你。"

卓玫瑰一惊，想到那是楚宝贵父亲溺水的时间段，就不敢作声了。

楚宝贵狠狠喝了口啤酒，哽咽说："玫瑰，我那时把你看作花骨朵一样娇嫩，啥事都不敢说出来，怕惊吓着你。其实，我那年经历了一件事……那件事……彻底改变了我的人生。"

卓玫瑰也停止了咀嚼，在台灯下愣愣等着下文。

楚宝贵似乎强迫自己冷静了一下，然后说："你也知道，我父亲是汽轮上的二副，特别会水。可是水淹会水的人，那年他去两百公里外的老家祭祖，在水库游泳出事后，我赶去那里，看远房亲戚们都傻瓜似的没啥主见，没啥作为，就只好自己哭着去找人捞尸。虽说我祖父新中国成立后就来江城了，村里人也算我的父老乡亲，那次竟把我当外人，漫天要价。我出不起，只好自己跳下去捞。我当然捞不起来，那么大的水库，父亲究竟在哪里，完全不晓得。我只是觉得，不跳下去捞，就对不起他生养我一场。不想，我后来也被水草缠住了，又累又怕，就拼命喊救命，喊得嗓子都哑了，在水库边上的人一点不着急，硬是隔空喊话，跟我谈好了价格，才跳下来救我，完全不管哪怕多一分钟我就可能淹死。我把曾祖父的老屋卖了，才把救我的钱还清。我那天在水里快死的时候，便在心里发了誓，这辈子，一定要做个有钱人。"

说到这里,卓玫瑰早已泣不成声,楚宝贵反而不哭了。他掏出餐巾纸,抽出一张,说:"父亲的尸体一直没捞起来,不知道被水草缠在哪里了,我把该给他做假坟的钱,用来还了我的救命钱。梧桐巷的人都以为他埋在了老家,其实他辛苦一辈子,连个空坟都没有。我现在有钱了,可以在江城给他买最贵的坟,我就是不买,我就是要让自己想到这个事就心痛,就拼命挣钱。"

楚宝贵说得咬牙切齿,眼珠都暴凸了,卓玫瑰看到有点害怕。

楚宝贵没注意到,继续说:"听说那水库一直有上百斤的鱼,要吃腐烂的尸体,估计后来父亲没翻出水面,是缠在水草里被鱼吃了吧。我现在都不敢吃江团这类要吃尸体的鱼,一吃就像在间接吃父亲的遗体。"

卓玫瑰又泣不成声了,后悔当初没多关心楚宝贵。

正是他成了孤儿后,王学先越发不许她跟他往来,生怕沾上楚家了。所谓"干妈""干儿"的称呼,是楚宝贵搞服装作坊发了点财,经常送几件衣服给梧桐巷各位街坊,开着玩笑捞来的。其时王学先看女儿已经逃出梧桐巷,楚宝贵一天比一天光鲜,也就顺水推舟,答应了这称呼。

卓玫瑰正撧着鼻涕,把纸往脚下的塑料纸篓里扔,却突然闻到了一股古龙水的香味。她一惊,抬头发现楚宝贵已经来到她近前,一只手举着餐巾纸,想递给她,而另一只手却举起来,轻轻抚着她的后背。虽说小时候也有手牵手或被他背着过水凼子的事,但她现在对于这样的肢体接触,还是有点尴尬,遂马上接了餐巾纸,身子暗中错开一点。

不想那一瞬间,虚掩的办公室门被"哐当"推开了。蔺春华走了进来,脸上带着冷笑,拍着手掌说:"好啊好啊,我说咋天天来加班呢,原来是忆旧情啊。"她说着话时,旁边一个小伙子竟然扛着电视台那种专业摄像机,一直在拍。想来他们已经在过道、窗口或门缝里偷拍一会儿了。

虽说两人没啥见不得人的举动与话语,但摄像机总是令人紧张,卓玫瑰一下呆住了。楚宝贵则一个箭步冲上去,要去抓摄像机,蔺春华却挡在了他面前,厉声说:"你再动下试试?!"楚宝贵听了,一下蔫了,回头看了眼卓玫瑰。后者马上说:"春华,我跟宝贵没谈私人的事,只是聊起了他父……"

"你不用说了,跟你没关系,我只管我的男人。"蔺春华打断了她,然后对楚宝贵说,"走,回去跟我讲清楚。"

小伙子这时才停止了摄影,盖上镜头盖。楚宝贵回过头,对卓玫瑰说:"你关下门,我先走了。"说完,一行三人就走了。

卓玫瑰坐了下来,吓得心怦怦直跳,不知道后续会有什么,突然感觉特别担心,担心到眼泪大颗大颗无声流出来,比刚才哭楚伯父要伤心得多。

她一边流泪一边发现了,她真的怕小学中学被称为自己跟班狗的蔺春华了。后者翻身不做她跟班后,也没对她做过什么,但她就是怕,无缘无故地怕。原来,她才是她的老板啊,掌握着她母亲的生死。

一直哭到半夜十二点,她才下楼,情绪大撒把般。在街上招了个的士回家,没坐便宜的通宵私营小巴士。

卓玫瑰刚坐下,就发现刚才的情景似曾相识。原来,有次钱伟健带她去敲诈一个搞传销的企业时,也是找了一个扛着摄像机的小伙子跟着。难不成蔺春华摄像是为了敲诈她?不不,她觉得她应该是想敲诈楚宝贵。可楚宝贵不需要她敲诈也会听她的呀,她掌握他的股份与业务渠道,甚至包括他的生活乐趣。

难道她是为了留着有天给群众看?就像梧桐巷的夫妻吵架会突然翻出一些早已藏好的票据什么的,给围观群众看,以此说明自己有理?

卓玫瑰想不通,心下却依然非常惴惴不安,好像等死的羊。她只好转头看窗外灯火通明的城市,想到小时候一搞停电的黑暗。世界真的变了,她也要变。为了救母,她可以去跟蔺春华当面解释,甚至道歉,保住这份工作。

蔺春华此刻就主宰着她的命运,就像当初在水库边决定救不救楚宝贵的那些人一样,是他某段时间的上帝。

我什么时候才能主宰别人的命运?她想着想着,又哭了,深陷其中又无比担忧着,已经忘记自己还是卓玉了。

十六　更多隐情展露出来

很怕被解雇的卓玫瑰，想了很久，终于想出了讨好蔺春华的办法。

后者特别爱吃鱼头，在她俩今生一起吃饭的时间里，多次都有楚宝贵钓的野生鲫鱼。蔺春华每次都说自己爱吃鱼头，补脑。鱼身子便留给了卓玫瑰，鱼尾巴往往是楚宝贵吃。

如今她成了百万富婆，什么都不缺，但应该很久没吃过小时候那种二三两的野生鲫鱼的鱼头了。

卓玫瑰跑了好几家菜场，才买到了半盆子白晃晃的野生小鲫鱼。她拿回家，请教王学先，用什么方式烹调才可以凉着吃。王学先说出了糟鱼的做法。她想母亲若问她给谁做，就说是给有业务关系的，算蒙人，但没撒谎。不想王学先自生病后，性格大变，名曰养气，什么都不多过问。她站

144

厨房里观察一会儿,感觉女儿上道了,就回卧室休息去了。

卓玫瑰拿铝质饭盒装了八成满的糟鱼头,外面用几根彩色橡皮筋箍紧,提在精品购物的小纸袋子里,巴巴送到蔺春华的出租汽车公司去。

说是公司,其实只租了一个破旧的小停车场,给来交管理费的司机停车用。收款房就是原来看车老头待的地方,大大的门与窗占了一面墙,里面却只有七八平方米。卓玫瑰还没走到房子前就心里一凉,想这里如此偏僻破败,花枝招展的蔺春华应该不会每天来。

她果然不在,里面有几条赤膊莽汉子在打"跑得快",一边打一边笑着骂各种生殖器。卓玫瑰问他们,蔺总啥时来。有个汉子回头说:"一般不来。这里是她远房表弟在管。""那,表弟是……"她还没说完,汉子就烦了,说:"你既然说是发小,不晓得打她电话啊。"

"也倒是啊。"卓玫瑰点头称是,道谢一声,提着那盒鱼头转身就走。穿过千把平方米的车场时,她想:这个气头上,哪敢打蔺春华电话,必须当面解释才行。

她在路边站了很久,突然想起楚宝贵说的,蔺春华在辉煌集团挂职收款。她看当天气温快三十摄氏度了,生怕糟鱼头坏了,狠狠心,硬是没坐私营巴士,打了个的,往十八公里外的辉煌集团赶。

卓玫瑰再次走进辉煌,虽不是来找赖大明的,但也需要极大的勇气。为了母亲,她决心脱掉身上的孔乙己长衫,做只丛林野生动物。她向门卫打听蔺春华,不想门卫认出她是来蹭过点的记者,就说蔺是新上任的副总,签字登记后,便把她办公室窗口指了出来。她问她会不会在,门卫也不多想,就说:"百叶窗是开着的,蔺总应该在吧。"

原来如此。卓玫瑰赶紧道了谢,提着那盒鱼头,直奔三楼蔺春华办公室。她突然想起赖大明也在那一楼,便小心选择了另一边的楼梯走上去,多点弯路,以免经过赖大明门口。

卓玫瑰轻轻敲门后,蔺春华大声喊着"进来"。

卓玫瑰推门进去,见大班桌后的蔺春华抬起头来,她瞬间尴尬万分。

这个从小被她视为弱者,并加以领导与爱护的人,如今却成了自己母亲的"命运之神",她的腿微微颤抖起来。

"你来做啥?"蔺春华开口了,但并无那晚的怒火。卓玫瑰一惊,赶紧走上前,把纸袋立在大班桌边角上,颤抖着手拿出铝质饭盒,再抹掉橡皮筋,打开盖子,露出里面深棕色的糟鱼头。

她做这些的时候,完全不敢抬头看蔺春华。

但她突然发现,那些小小的鱼头经过颠簸,有的弄碎

146

了,有的移位了,没碎没乱的也很恐怖,好像密密匝匝的死人头。

她吓了一跳,自己都感觉到了恶心,毫无食欲。

她刚想抬头看蔺春华脸色,不想对方突然大笑了起来,用沙哑的嗓子疯狂地笑,笑得前仰后合,不能自已。

她一边笑,一边走到门边的沙发上坐了下来。她暂时止住了笑,发出鸭子样的嘎嘎叹息,扯出纸巾,摸索着轻按笑出的眼泪,生怕把睫毛膏弄糊了。

卓玫瑰还没反应过来,敞开的门口却一下跑来好几个人,半截身子插进来,又不敢发问,跟她一样呆呆看着蔺春华。

赖大明也闻声而来了。

他在外围吼了一声"这是上班时间",员工们便吓得马上散开,各自回办公室去了,还纷纷关上了门。赖大明又降低了声音,说:"蔺总你在做啥呀,别忘记自己的身份。"蔺春华马上抬起头来,瞬间扬起眉毛,做出无辜小女儿情态,看着赖大明,说:"董事长,你要给我做主啊。"

卓玫瑰傻掉了,继续杵在原地没动。她感觉蔺春华也在跟赖大明玩第四类情感,只是比她玩得更"嗨"。

赖大明把门关了,又把蔺春华的大班椅推出来,自己坐了下去,审判官一样面对俩女人,说:"这是我的行政办公楼,你们心里有点谱,好不好?"

蔺春华做出委屈状,马上道歉说:"对不起,我刚才确实……被刺激了。"

听到哽咽的"被刺激了"四字,卓玫瑰吃了一惊。她还没回过神来,蔺春华就说出了受伤的原因。

在她的描述下,卓玫瑰成了个仗着学习好、爱霸凌别人的孩子,从幼儿园开始,就把蔺春华当成她的"奴隶",上学放学要陪着她,回家做作业或者出去玩耍,都得像个跟班一样跟着,给她拿书包,或者拿出汗后脱掉的衣服。有几次路上遇到外面揩肥抢零花钱的野孩子,她还得挡在前面,替卓玫瑰挨耳光。最可恨的是,只要蔺春华家里有点好吃的,都得带一点到学校,"进贡"给她。

"我跟她的关系,从小就是丫鬟与小姐的关系。"蔺春华很节制地哽咽说,这反倒更加打动人,连旁边沉着脸的赖大明都有点动容了。

卓玫瑰看了那男人一眼,见他目光中有懊怜。真没想到风风火火半男人婆的蔺春华,去了趟南方,竟学会了示弱的把戏。过去确实有调皮鬼说蔺春华是丫鬟,没想到她当真了,记心里了。

"我,我承认,你小学中学确实对我不错,但我没强迫你,是你自愿的。"卓玫瑰嗫嚅着说。

"你的意思是说,她自愿当你十几年奴才?"赖大明突然转头看着卓玫瑰,低低冒出一句,但却很有威慑力。他小小的单眼皮眼睛精锐毕现,好像藏有刀锋。

卓玫瑰一时不知怎样回答才好,脑子里第一次反问,蔺春华为啥从小就来靠拢自己,捧着自己。她都想不起是哪年开始的了,应该是幼儿园中小班就开始了,就像葵花向太阳,人本能地慕强。在那个全市教育摆尾巴的地方,卓玫瑰那点智商从小到大太突出了,一直备受老师们喜欢。围在她身边的同学,又不是只有蔺春华一个人。对了,除了她,还有楚宝贵。初二以后,蔺春华就跟卓玫瑰说过多次,她喜欢楚宝贵,可楚宝贵却喜欢卓玫瑰。那时卓玫瑰心里想:不用提点我,我才不会跟你争呢。她可着劲撮合他俩单独待在一起,蔺春华又不是不知道,竟然反咬一口。她如今才醒悟,蔺春华跟随她,大半是为了楚宝贵。可这事没根没据的,此刻又是来求人的,不得罪蔺春华,还真说不出口。

卓玫瑰一时不知该如何应对,有点哑巴吃黄连的感觉,那厢却又哽咽上了,看来是真伤心了。

蔺春华说:"董事长,她那时总是命令我跟宝贵去巷子后面的池塘钓鱼,拿回来到宝贵家做了吃。每一次,捞鱼钓鱼的都是我和宝贵。做饭的是宝贵,洗碗的是我,可吃鱼身子的是她,吃鱼头的是我,吃鱼尾巴的是宝贵……她有次吃鱼,还讲了个故事,说过去土匪绑了人,就会做盘鱼出来,看吃鱼身子的,说明这人金贵,就要高额赎金。吃鱼头的干脆就放了,说明这人贱,不值钱……"

"是宝贵讲的故事。他的意思是说吃鱼头能保护自己,没别的意思。"卓玫瑰弱弱地打断她,但另外两人都没听见似的。

蔺春华还在继续说:"十来年都是我吃鱼头,没想到,她今天又做一盒鱼头,专门送来羞辱我,我,我一下想起小时候的事,忍不住就伤心了。对不起,董事长,管理者应该理智,应该注意形象。我失态了,你扣我奖金吧。"

赖大明看了眼旁边那盒密密匝匝的小鱼头,也有点犯恶心的样子。他安慰她说:"管理者也是人,我不怪你。"说完,他转过脸,对着卓玫瑰,目光更凶狠了,说话却更低更慢了。他说:"卓女士,你这是何必?辉煌再软,也有一千多人,你何必上门闹事。"

卓玫瑰终于意识到,跳进黄河也洗不清了。

她一着急,汗水直冒,待了会儿,反而一横心,冷静了下来。

卓玫瑰走到沙发边,在距离蔺春华一米左右的地方狠狠坐下,坚强地看着赖大明,说:"董事长,我不是上门闹事,是来讨好春华的。我以为她从小到大喜欢吃鱼头,所以亲自做了送来。是我太粗心了,不知道她不喜欢吃鱼头。"

"无事不登三宝殿,你讨好她做啥,说。"赖大明依然低声就能震慑住人。

"她对我有点误会,我来解释解释。"

"我没误会。我知道你跟宝贵还没事,但你想勾引他,想有事,以后让他为你母亲长期做透析买单。"蔺春华说。

卓玫瑰吃了一惊,百口莫辩,只好说:"我发誓,我不会勾引他,只想努力工作,为母亲付医药费。"

"原来你离开报社后,被楚宝贵收留了。"赖大明突然冒出一句。

蔺春华却继续说:"你说你没勾引?呵呵,自从你去做宝贵的助手后,他再没跟我约会过了。"

卓玫瑰闻言一惊,说不出话来。

蔺春华却站起来,拿出手机,走到赖大明身边,翻着页面给他看。蔺春华说:"董事长你看看,这段时间楚宝贵都跟我说了些啥。"

不想赖大明看着看着,却呵呵笑了,突然显得有点莫名放松,说:"这孩子……呵呵呵……呵呵,这话都对女人说得出……蔺总,别跟他计较,宝贵还是没长大啊,不懂自己要啥。等他明白了,就晚了。"

话音一落,赖大明把手机还给蔺春华,一拉脸,对卓玫瑰说："你处处不简单啊。不过,我也不怕,商品砼公司指标差太远,我们打算不贯标了。人家白副总也不怕你敲诈,上头不许任何人提那个事了。"

赖大明说完,霍地起身往外走,一边走一边对外大喊:"二狗,送客!"

卓玫瑰再次发现他声如洪钟,与矮小的身材完全不搭。

一个穿保安制服的人应声跑了进来,用有点淫秽的目光上下打量了卓玫瑰一番,然后做了个"请"的手势。

不知道为什么,卓玫瑰刚才听赖大明提到白副总,突然怀疑是他伙同对方害她被解雇的,也没细想符不符合动机,就认定了八九分。她脑袋一热,伶牙俐齿地对着楼道说:"赖董事长好眼光啊。对,是我姓卓的最不简单了,你们都很干净,都非常简单。"

她说完,也想往外走,蔺春华却误会了,以为她在暗示她的过去,就站起来,对外喊:"董事长,麻烦再留一步,我还有几句话要说。"

赖大明不得不反身回来,有点不耐烦地看着二人,努嘴让二狗从外面关门。

蔺春华又哽咽了,说:"董事长,我再补充一点。我初中毕业就外出打工,四五年后带着百八十万元回到家乡创业,巷子里的人以她老妈为首,竟造谣说我在外面做皮肉生意。

作为发小，卓玫瑰不仅不帮我解释，竟信了这些话，冷落疏远我。她大一时，我好心去师院看望，她还无故把我赶走，怕我玷污了她。董事长，我这个委屈大了，从没说过。说真的，我在南方那四五年，换了几家公司跑业务，拿提成，其中的艰辛屈辱，只有做过的人才懂。卓玫瑰以及她母亲，却泼我脏水。"

蔺春华这次真哭了，回到沙发，趴在茶几上泣不成声。

卓玫瑰想说不是自己母亲造谣，却又拿不定。过去的王学先是干得出这种事的，她这辈子就可恶在一张嘴上。

赖大明叹口气，竟走过去，一屁股坐在蔺春华旁边，用手摸了摸她头发。

"别哭了。干事业的人，本来知音就少，让那些一事无成的小鸦小雀去嚼舌根。你的业务能力，我已经非常清楚了，简直是江城少有，完全用不着去搞那些乌七八糟的事，也能赚钱。那些穷鬼……"说到这里，他抬头恶狠狠盯着卓玫瑰，继续说，"那些穷鬼，永远不晓得自己为啥是穷鬼。"

这算点到穴位了。

卓玫瑰眼眶一热，拉开门，冲了出去，瞬间泪雨纷纷。若不是穷，她又怎会为了母亲，觍着脸皮来这里受辱？

她飞快地下楼，出大门，不顾一切地快走。

走出辉煌集团好远了，她才平静下来，站在马路边想，与其这样受辱,不如去其他公司跑业务。她早就不怕日晒雨淋了,只不过还没完全学会受辱。当时很流行说:"世界上最伟大的推销员,应该前门被人赶出去,后门再走进来。"

她正七想八想的,一辆桑塔纳停到了她面前。司机伸出头来说:"要去江城吗? 五十元。"卓玫瑰愣了下,才发觉自己走神走到离开公汽站很远了,竟在莫名徒步往江城走。她看了看,半下午太阳还很烈,路上又时不时有辉煌集团的砂石车经过,风一吹,弄人一身灰。她就说:"二十元。"

最后谈定三十元,她上了车。

一路无话,她拿出墨镜戴着,掩盖耽于沉思的表情,等到回过神来,才发现进入江城后,不是她要去的方向。她就喊停,说错了,司机说没错,她又说错了,司机却叫她少安毋躁,说过几分钟就到了。

她大惊,心想大白天的,车水马龙的,不会是绑架吧,就厉声命令司机停车。司机这时才说:"卓小姐,没事的,我们总监请你喝喝茶。"

原来司机认识她,是故意来拦截她的。她就问:"什么总监?"司机就说:"辉煌集团的财务总监。"卓玫瑰愣了下,想起了赖大明那个小姨子。

"她找我啥事?"卓玫瑰想不出自己跟对方有什么交集。她记得在辉煌的时候,秦花对她比较冷淡。

"我一个司机哪里会知道呢?"司机笑了下说,"喏,前面就是秦总的家。"

卓玫瑰抬眼一看,那是很有名的一个临湖别墅小区,1996年的价格是一套九十万元人民币,因为是江城的顶尖住宅之一,所以连她都知道价格。

车停在秦花家门口时,她已经到大门口亲自迎接了。

那个眼大脸方总让人想起样板戏中铁梅的少妇,此刻脸上都是笑。她把卓玫瑰引到客厅,叫人给她上了玫瑰茶,然后又说了一通玫瑰养颜之类的话,说等会儿送卓玫瑰几瓶国外带回来的精油。

"玫瑰就要用玫瑰精油滋养啊。你用过吗?我猜你没用过,国内还没这玩意儿。我等会儿教你怎么用。"

她意外地殷勤,卓玫瑰倒不自在起来,说:"秦总监,有什么事,尽管说。"

秦花听了,扬手叫保姆离开,然后说:"我想求你一件事。当然,不是白求,我晓得你母亲病了,需要钱,这里有两万,密码是六个八。"

她说完,不知从哪里推了张银行卡出来,停在卓玫瑰面前的茶几上。

卓玫瑰看了看卡,虽垂涎欲滴,脑子却在飞速旋转。她说:"违法乱纪的事,我可不干。"秦花就说:"你来头大还是我来头大？你要想失去一切，我还不想失去我的一切呢。"

她说完，眼睛迅速飞了下冷气满满挑高四五米悬挂着奢华大吊灯的客厅。江城也有部分人家安装了春兰空调之类的,但为了省电费,都舍不得初夏开。

"那就好。"卓玫瑰松了口气,又说,"缺德的事,我也不敢干。"

"一点不缺德,不干才缺德。我只求你离开楚宝贵。"秦花说。

卓玫瑰吃了一惊,不知道楚宝贵什么地方得罪她了,就沉吟着,考虑怎么把话套出来。不想秦花却根本没打算隐瞒,直接说:"听说你做了楚宝贵助手后,他都不跟蔺春华约会了。"卓玫瑰突然问:"你怎么知道的?"她很惊讶这话跟蔺春华刚才说的一模一样。蔺春华不可能先跟秦花说过,难道,她窃听她了?

"我可没窃听她。"秦花似乎读出了她心声,继续说,"至于怎样晓得的,你就不要问了。总之,我不希望蔺春华被楚宝贵抛弃,让她来打我姐夫的主意。"

"她干吗要打你姐夫的主意?"卓玫瑰脱口而出,"她又不是不能挣钱。"

"哪怕她一年提成拿到一百万元,比起辉煌集团的八千万元,也是小巫见大巫。"

"八千万钞票？还是自己请人做的重型车和房子的估值？"卓玫瑰不知道为什么，反而维护起蔺春华来了。

"你对数字不敏感，不懂八千万元撇去浮沫也跟一百万元没啥可比性。人说大船破了，也有十万颗钉，何况这船还没破，正在势头上呢。"

"你姐不是走了吗，你难道要你姐夫一直单着？"卓玫瑰说完，竟突然发现，蔺春华跟楚宝贵分手不见得是坏事，那样她的工作就稳了。秦花这个没头脑的，竟看不懂自己与她利益相反。

"我希望我姐夫找个好女人。"秦花说。

"你没有权力干涉吧？再说，你凭什么说蔺春华不是好女人？"她不知道自己为什么一再维护蔺春华，总感觉相对于外人，她俩之间算内部矛盾似的。

"我有证据。"秦花性格一直刁钻任性，城府并不深，早就拉脸半天并且铁青了，好像在跟卓玫瑰吵架，而不是求她结盟。

"那你说说。"卓玫瑰堵她，发现对方靠的是蛮力，不精明，怪不得在辉煌集团得罪那么多人。

没想到，秦花被一激，真的讲了个事，说有次蔺春华跟赖大明一起去出差回来，深夜赶路，快要接近辉煌镇的时候，半截小车一下钻进了路边停着的一辆大卡车肚子下面。

赖大明当晚喝了酒,正靠着椅背睡觉,是醒着的蔺春华一把把他的头拉过来护着,才没受伤。"就像电影里手榴弹爆炸时,英雄把战友拉下来压在自己身下那样。"秦花说,"后来调查了,那是一辆来历不明的破卡车,也不知道是谁停在那里的。警察判断是有人偷废品后,开到这里发现开不动了,只好弃车。"

她看了看面部表情意义不明的卓玫瑰,有点急了,开始提高声音,试图让对方也愤愤起来:"你说怎么那么巧,轿车高度与卡车肚子刚好吻合,好像有人暗中配过型号似的。而且,我姐夫刚好喝醉了,在睡觉,她呢,刚好醒着。更巧的是,就算醒着,那段二级公路连灯都没有,她反应怎么那么快,刚好就把我姐夫的头扯进怀里护着,做了他的救命恩人,从此他娘的在集团里地位就格外不一样了。"

"前面的司机怎样了?"卓玫瑰脱口而出。

"司机?"秦花想了想,说,"司机……反正没死。"

卓玫瑰叹口气,说:"你的心很冷。司机你不关心,玩命救了你姐夫的蔺春华,还被你怀疑在设局。你不想想,她拉他一秒,就会让自己多无数倍的危险。"

秦花愣住了,嗫嚅两下,没说出话。

卓玫瑰站起来,一边往外走一边说:"我只是在楚总那边上班而已,帮不了你什么。"

她走到院子里了，才听秦花在背后扑出来，继续说："你真可笑，活了半辈子也看不清身边的人。我跟你讲，那个狐狸精不仅把我姐夫感动了，把宝宝贝贝也收买了。"

"宝宝贝贝？"卓玫瑰好像在哪里听过，又不记得是谁。她转过身，诧异地看着秦花。后者马上说："就是我姐姐的两个儿子啊，一个九岁，一个七岁，都被她收买了。"

"原来，这才是让你感到恐慌的。"卓玫瑰想笑。

"能不恐慌吗？"秦花下了屋檐台阶，走过来说，"我和我姐过去不要孩子们做的事，她一律让做。"

"比如呢？"卓玫瑰有了点兴趣。

"比如，我怕孩子烂牙齿，不给吃糖，她就偷偷给，以此讨好他们。再比如，我要求孩子们考九十分，她就跟他们说没必要看分数，还说读书无用，说她和我姐夫只读了个初中，照样当老板，把我几年的教育几句话打翻了。她还趁我不注意，好几次带着宝宝贝贝去后山爬树、掏鸟蛋、滚铁环、打弹子……真是罄竹难书。我告状给我姐夫，他竟然被迷得糊涂了，说咱家是该改变教育观念了，还说宝宝贝贝喜欢反着来，越不让学习越学习了，最近成绩提高了，还开始在学校不打人光保护人了……你晓得吗，我姐去世前两年一直在住院，姐夫忙事业，宝宝贝贝都是我配合两个保姆在带。蔺春华不是跟夺走我亲生儿子一样吗……"

卓玫瑰举起手,示意她别说了。她在辉煌采访那几天,听说她姐俩的父亲过去是辉煌占地那个村的村长,还是县长的好友,很霸道地帮村民做过一些好事,也很霸道地违过一些法。赖大明的起家全仰赖这个已经死去的老丈人。她在大学时,也遇到过几个村长、镇长的闺女,总有种小王国里造就的跋扈气,真正的高干子女反而特别隐匿与谦虚。

不过,秦花提到的那些事,她感觉都是真的,特别像蔺春华干的。后者从小到大,最会干的就是男生干的那些事。她甚至在看完《少林寺》后偷偷在地摊上买了本旧书练少林拳,或者看完《排球女将》后,把学校和自己后院的芭蕉叶子偷偷打烂了。

往事如潮涌来,卓玫瑰百味俱陈,突然联想起今天的受辱,第一次感觉自己真的很彻底地失去蔺春华了,也失去那些时光了,心下莫名感伤,就哑哑地说:"你们这些人的豪门恩怨,太可怕了,与我们小老百姓无关。楚宝贵只是我老板而已,没别的暧昧关系,我帮不了你什么。"

她说完,转身就走了,好像要急于跟这里撇清。

她跨出大门了,才听秦花在后面恼羞成怒地骂:"拉倒吧,装啥纯洁!你们梧桐巷的女人,不靠那两片肉,怎么发大财?"

繁荣之初,良莠共葳蕤,个别地市县领导想学越南,一再提出搞红灯区而被上头否定，可哪条城郊巷子没有个把暗中做皮肉生意的女子？但这个读了江城财经大学的村姑还是骂得太脏了，卓玫瑰气得小跑起来。

她在公汽站等车时，不由得嘀咕出了声："我留在项目组继续干，不比拿你两万块划算？怎么会有这么苕的村姑，一直在以'自己受损'作为理由说服别人帮忙，还当自己是霸道村长的女儿？"

卓玫瑰并不知道，跟秦花见面那天，似乎是个分水岭，晚上快入睡时也没意识到卓玉的意识。

后来，她越来越无法发现有个卓玉在遥远的地方呼唤她了。

十七　好像那是一炉红红的钢水

卓玫瑰认为，按照自己和楚宝贵的交情，他要为了蔺春华解雇她，必然也会做一番安慰，并努力帮她介绍其他工作。

她就把球暗中踢给楚宝贵，等他开口，自己却更加拼命地工作，展现价值。

不想，自从被蔺春华莫名其妙录像后，楚宝贵竟像忘记了那一幕似的，也没再提，只如常工作。蔺春华以及其他人，也没进一步举动。

卓玫瑰以为一切都过去了。

有天她回到家，发现母亲昏迷了。她慌忙把她送到医院抢救过来，跟医生一交谈，才发现，肾脏衰竭并不是尿毒症的主要死因，因为，等不到衰竭，病人就会出现各种并发症。

是的,大多数尿毒症患者死于并发症,故换肾的时间,不应该以肾脏衰竭程度为准,应是越早越好。

这又给卓玫瑰增加了早日赚大钱的紧迫感。

她心慌慌辗转一夜未眠,再来办公室看到楚宝贵,竟发现自己其实很怕他解雇她。他也成了她的命运之神。

这样一感觉,她心里便对楚宝贵更疏远防备了一些,一下班,就想约精神导师曹一山拿主意。

他们还是约在红酥手,还是点曹一山喜欢的山野农家菜,还有他喜欢的啤酒。只不过,这次他没带小尔来,她也不问。

她依然不敢用现实问题麻烦这个富家子,后者依然不知道她母亲的事。

当然,他也是个不喜欢谈俗事的人,多年来,彼此都没主动打听过对方的家事,不是故意的,而是每种关系有每种关系的天然格局。他俩就是精神为主的交往,而且一个像另一个的神父似的。

曹一山得到的疑问是,卓玫瑰应该怎样保住这份工作?为此,卓玫瑰谈了自己和楚宝贵以及蔺春华从小到大的事,以及这次的误会。当然,她没说自己在师院读书时,因为在意曹一山的看法,赶走了蔺春华。

曹一山好像饿极了,吃饱喝足后才说:"按照你的信息,楚宝贵开发新项目后,就没跟蔺春华约会了,说明恋人没他的事业重要,所以,你不必想那么多,管她录像后续用来干吗,你要保工作与前途,应该抓住的是楚宝贵。"

一语拨开迷津,但卓玫瑰还是问:"怎样抓住呢?发小都变成自己老板了,一切都变了。"

曹一山就说:"我刚才不是已经说了吗?他在乎的是事业,你就回去思考思考,怎样在事业上帮他。"

卓玫瑰眼睛终于亮了,似乎想到了什么。

当天,她还顺带问了另一个问题,说如果自己不小心听到了一个大老板的秘密,自己答应不说出去后,那人会不会又伙同白副总来害自己被解雇。

曹一山马上说:"不会吧。既然你听到了秘密,又没录音,还承诺不说出去,这个人应该不想激怒你。兔子急了也会咬人,他何必把你逼上绝路呢?"

这一说,卓玫瑰吃了一惊,想赖大明确实不会那么愚蠢,连《孙子兵法》都提倡给人留条活路,以免对方做困兽斗呢。

那么,究竟是谁伙同白副总害她,又成谜了。

曹一山看她耽于沉思,就点拨说:"世上很多害人的事,都不需要明确目的,有的只是变态,有的只是内心的恶念,还有的也许只是一件小事引发的复仇。每个人都会被人害,不稀奇。我们应该考虑的是怎样小心行得万年船，避过陷阱，而不是老纠缠怎样抓祸首。很多事用尽一生也解不开谜，而且就算解开了，对我们的生活也毫无意义。"

卓玫瑰听完，咧嘴一笑，诚心说了声谢谢，打算不纠结这事了。

余下时间两人又探讨了些文学方面的事情。当天探讨的是一篇小说，讲的是个体户与女大学生的恋爱，最终，女大学生似乎因为阶层，抛弃了个体户。

曹一山说："小说写于前两年，透露出个体户的社会地位比女大学生低，但在此刻，1996年的春夏之交，似乎已经不是这样的了。很多女大学生想找个体户。才两年，观念改变如此之快，这真是个狂飙突进的年代。"

卓玫瑰就笑："是你'春江水暖鸭先知'，我周围不少人还像活在过去一样。"

她首先想到了母亲，但闭上了自己的嘴。

于是，他们又探讨了小说什么样的题材才是永恒的，不会过两年就不被读者理解了。分手的时候，曹一山还是那样朴素，身家千万却不买车，不赶时间的话也不打的，挤上一辆招手可上的私营小巴，向她挥手告别。

卓玫瑰看着远去的小巴，眼眶一热，差点哭出来，想：要是没这个人一直在智力与智慧上引导我，江城的天都是暗的。她倒庆幸自己当初没追求他、纠缠他，她明白，师友关系比爱情更稳定、更长久。

卓玫瑰回到办公室才想到，自己对曹一山也虚伪了。她隐瞒的不仅有母亲的病，还隐瞒了楚宝贵想争取民营上柜名额、把曹氏集团视为竞争目标之一的事。

"为了未来的干股分红，我算不算欺骗了曹一山？"

她问完自己，又为自己开脱了，想曹一山都没提过曹氏集团，她何必操心。再说，曹大河又不是吃素的，对手是全省想上柜的民企，几十上百个竞争者也许都有，楚宝贵算什么。她总感觉楚宝贵提到上柜，是痴人说梦，用来鼓舞士气罢了，哪能想到上柜一事是他的唯一发动机。

这事要很久以后才能琢磨明白。

她当时只是自我安慰后松了口气，一边做可行性分析，一边就想出自己对于楚宝贵的价值来了。

楚宝贵身家只有二百万，却想做大项目，最难的不是找项目，而是融资。卓玫瑰虽然不懂融资，但她想，一个银行行长的女儿，总会帮到楚宝贵吧。

为了焊稳工作，卓玫瑰暗地里计划好了，让楚宝贵与鲍菁菁无意之间认识。

有天她知道楚宝贵会过来，就邀约鲍菁菁来单位等她，下班后一起去吃饭。她深知楚宝贵有城府后依然残存的岔巴子天性,关注点都在外界他人,应该会对鲍菁菁感兴趣,不像曹一山那样耽于内心,一开始会对陌生人比较忽视。到时三人一起出去吃饭也未可知。就算楚宝贵当天没空,她也有机会之后假装无意,把鲍菁菁的父亲给说出来。

不想那天的剧情完全超出了设计。

快下班的时候,鲍菁菁竟然挽着夏鸣笛的手走了进来,而且,看上去鲍菁菁跟过去很不一样。究竟哪里不一样,卓玫瑰一下也没反应过来。

正在埋头研究项目的楚宝贵抬起头来,见笑吟吟的那对也吃了一惊。他马上反应过来,起身上去跟夏鸣笛握手说:"你俩……嗜,我太惊讶了。"

楚宝贵说贵客来了,他要亲自去泡茶时,竟对鲍菁菁和夏鸣笛的来意没表现出另一个惊讶——这一对说找的是卓玫瑰,而不是他。

卓玫瑰却有点惊讶了,夏鸣笛跟楚宝贵比较熟啊。

安顿好二人落座,她赶紧去茶水间帮忙,直接问老板:"你认识鲍菁菁?"楚宝贵老实说:"谁不晓得她啊?红色跑车很拉风,是鲍行长的千金,但不晓得她跟你这么熟。"卓玫瑰就说:"今晚咱们四人一起出去吃饭吧。"楚宝贵却说:"我不想跟她走太近。"

"为什么?是因为夏鸣笛吗?"卓玫瑰心里一凉,想自己的资源对他竟然没有用。楚宝贵却说："回头我再跟你解释。今晚你带他俩好好吃一顿，我报销。等会儿我要去跑工地，就不奉陪了。"

临出茶水间，楚宝贵又回头低低叮嘱一句："吃饭时，不，包括以后，尽量不要提我和公司。他们提到的话，你就混过去，装迷糊。"卓玫瑰就说："记住了。"

当天借着能报销，她带他俩去了向日葵国际酒店的顶楼旋转餐厅，不想夏鸣笛一坐下就跟服务生打了招呼，说要是敢收这位小姐的钱，他以后就不做他们的会员了。鲍菁菁也趁着夏鸣笛去洗手间时，悄悄解释："对他们那种人来说，女性抢着买单是一种侮辱。"卓玫瑰也就不客气了。

如此难得的高端享受，又无金钱负担与业务目的，她本该吃得很高兴，但心里总有点牵绊，却又不知道是什么。

当天，对面正在热恋中的亢奋恋人似乎都没注意到她有点分心，也没提到楚宝贵以及他的公司，一直在大谈特谈两人的情事。

原来，夏鸣笛早就看上了鲍菁菁，连学校演出也会来捧场。他们早就作为普通朋友一起吃过多少次饭了，鲍菁菁竟没对卓玫瑰提过。

"我们是在长久的交谈中彼此了解的。"鲍菁菁说。

"听上去像部浪漫片。"卓玫瑰恭维着，心里却嘀咕夏鸣笛是为了贷款在慢慢撒网收钩吧。

想完她又批评了自己，发现自己还没恋爱过就有点不相信爱情了。

她喝了口红酒，把目光转向环形落地窗外的万家灯火，继续想：自己一直觉得鲍菁菁的心理年龄只是个中学生，不会真的按照追星的标准择男友，但她并没想到她会一百八十度大转弯，选择与过去审美完全不一样的夏鸣笛。

实际上，卓玫瑰对于白皙清秀、过于追求外表美的花样男单身富翁夏鸣笛，一直有关于其性取向的丝丝怀疑，但她不会告诉任何人。夏鸣笛通体比较中性化，拿刀叉的手指也葱管一样寒凉与纤细，如果换件女装，不会被人怀疑是男人。但就是这样的气质，让他人缘比较好，男女通吃，所以当初能打电话催赖大明快回来签单，简直不像在做生意，倒像撒娇。

她听说他是发型师出身，如江城那一时期大多数老板一样，没读过大学，她便更不在意他的存在，在辉煌也是因为过于放松才会对他自信地谈对CI策划的看法。晚报有几次关于他的报道，她瞄到也没兴趣细看，不想骄傲的公主鲍菁菁竟然喜欢上了他。

不待卓玫瑰追问，在鲍菁菁叽叽喳喳的谈话中，她已经明白了闺密喜欢他的原因，原来，他不仅仅是服装厂老板那么简单,还是一位服装设计师,获过国内金剪刀奖,还在国外办过多次服装展。这些,都比较能满足鲍菁菁的虚荣心,她一直喜欢比较国际化的男人。

卓玫瑰谈起,商场里夏鸣笛公司生产的红翡翠牌服装,似乎与"国外服装展"这事特别有反差,非常大众化,几十到小百一套,化纤感十足,大花大朵的,连她母亲都买过两件衬衣。鲍菁菁就抢在夏鸣笛之前,解释说那只是市场定位。如果让夏鸣笛搞个皮尔卡丹出来,也能,但那是下一步的事。

卓玫瑰这才道:"明白了,高中低档服装,只是一个选择而已,并不是不能做。"她还在消化这些信息,鲍菁菁马上又说:"鸣笛成为国际服装大师之前,是我一个人的服装设计师。"

卓玫瑰这时才发现,鲍菁菁的着装风格确实跟平时不一样。平日里她虽然豪车豪表豪包,但那只是小姨送的。她的着装大多随意,穿的是当时白领流行的真维斯或宝姿之类,总之就是风格混乱,休闲职业通吃,随心所欲。可是今天,鲍菁菁却穿着一件粉色麻料的半休闲半职业的简洁包身裙,发型也从随意的公主头变成了不随意的有几股麻花辫的公主头,耳垂上还有一对珍珠耳钉,整个人显得清新温婉,有点像日本电视剧里面的女孩。

卓玫瑰是看惯鲍菁菁了，只觉得她精致了许多，而陌生人会觉得她的少女感完全被激发出来了，一个靠茁壮身材拥有美声肺活量的少女，说十八岁也会有人信。

鲍菁菁还兴奋地告诉卓玫瑰，中国人对美的知识太缺乏了。在韩国在巴黎，美是支柱产业，体系大得很，细得很呢。她顺便告诉卓玫瑰，黄种人不要学巴黎人穿什么黑白灰米，她说她俩过去都穿错了，黄种人需要向韩国人学习，穿鲜而不艳的颜色。

"什么叫鲜而不艳？"卓玫瑰问。

一直宠溺地看着鲍菁菁的夏鸣笛就说："你去公园里走走，看看大自然，都是复合的颜色，而不是我们商场里那种正蓝正黄正绿什么的。"

"你的红翡翠也不是大自然的颜色。"卓玫瑰笑。

夏鸣笛也笑了，说："你现在提到的是市场营销学，不是色彩学。"

卓玫瑰明白他在说王学先那样的江城人审美低下，企业不得不迎合，但他没直接说出来，倒也显得善良。

那晚九点过结束吃饭后，卓玫瑰拒绝搭夏鸣笛的车。夏夜如白天一样热闹，她选择灯光阴影处的人行道子了独行。卓玫瑰一边走，一边仗着酒兴给楚宝贵打电话，大胆直白地问他："不是要贷款吗，为什么不跟行长女儿走近些？"

她放飞自我般说:"人家夏鸣笛想开发高端品牌,想进军海外市场,都盯上鲍菁菁了,还以身相许,就你苕。"楚宝贵在电话里沉默了好一会儿,才说:"玫瑰,你太幼稚了,贷款不是那么简单的事。你要是把幼稚的鲍菁菁扯进来,反而会坏我的事。"卓玫瑰愣住了,发现自己确实不懂融资。

那边见她没声音了,就提高了嗓门喊:"喂喂,你在听吗?""我在听。"卓玫瑰的语气清醒了许多。楚宝贵就厉声说:"听着,我给你约法三章。做不到,就走人。一、你们的私交不要提到公司的事。二、除了内部管理,你不要插手别的。哪怕以后公司搭建起来了,你还是搞内部管理,财务和产供销你都不要管。三、防着夏鸣笛。"

卓玫瑰从没见过楚宝贵这样严肃地说话,酒都被吓醒了,就说:"好,我记住了。"

她不明白,他为什么在融资上显得如此敏感,好像那是一炉红红的钢水。

十八　再难也没去死难

到了秋天,楚宝贵终于花十万元,从他好友那里买了一个保健品项目。

卓玫瑰惭愧地说:"我们开发小组白拿工资了,最后还是楚总自己找到了项目。"楚宝贵就批评她:"咋能这样说。没有你们的努力与铺垫,我就是遇到这个项目,也看不出它的好。"一席话说得员工们都很高兴。

他私下把它戏称为"十全大补蔬菜棒",用申请了专利的"SX高科技",去除蔬菜里阻碍营养吸收的草酸植酸,使其成为飞速补钙补铁,还补各种维生素的全能天然补品,老少皆宜。

那时卓玫瑰也不知道,受时代技术所限,只能高温瞬时灭菌,蔬菜哪里还有多少天然维生素,不过全靠添加添加营养糊精达到国标企标罢了。

没几天,主要管理人员就到齐了。

原来,楚宝贵早暗中说服了几个濒于倒闭的国有大厂的高管加盟,并不如他之前所言,一切指望玫瑰风雨并肩。这些人过来后,一个管生产,一个管营销,还有个管后勤,而楚宝贵自己管财务,并与职能部门打交道,卓玫瑰则只负责办公楼的内部管理,倒也安排恰当。

卓玫瑰一下从老二变成了老四,也不以为意。

楚宝贵买下了四环内一家濒临倒闭的食品厂,继续跟城中村签订了十年厂区租约,把旧办公楼比照高档写字楼加装,贴上大理石地面,吊了轻钢龙骨顶,再给每间办公室配备了宽页米色仿麻料百叶帘,摆上中高档办公设备,看上去并不比普通外企差。他自己则选了顶头最大的一间,全屋摆红木办公家具,书柜里放着一排排空壳的各行业经典。大楼后面的几千平方米则是仓库和无菌车间,连卓玫瑰也不能不经批准就进去。

五个管理者最终商量出,产品的名字叫"天助高能棒"。天助是品牌名,又有字面那个意思。后续天助公司教人们说,高科技SX制造出了全新的补品,每人每天吃一根,精力充沛,智力增长,补血补钙,延年益寿。

事情就轰轰烈烈搞了起来,五人各负其责。卓玫瑰也不懂招聘培训这块是最没好处的,不像另外三个副总,进设备、确定生产基地、大肆采买啥的,都是肥差,随便弄弄巧,母亲的换肾钱就有了。她不懂,也不会去想是不是楚宝贵故意讨好那几个自带职能部门资源的高管,心里还感激在外跑各种手续以及资金的他,觉得发小心里还有第四类情感,安排了最轻松的事给她。

她去报社打招聘广告,一个个面试、筛选、培训,每天乐此不疲。那时她身边已经围了七八个办公室和企划部的成员,初步尝到了被人簇拥、恭维、伺候的权力甜头。

钱究竟是什么?它除了能确保生存外,还能挽回尊严,也能获得自由,更能贡献于社会。

我有个朋友,在水库中遭遇了金钱与性命的斗争,因而弃军从商。他无师自通了赚钱的门道,见风就长,于是,钱在他那里,慢慢已不是满足小我的东西了。

我感觉有些更宏大的东西在他心里滋长,但他自己也没厘清是什么。

按照马斯洛的需求理论,他应该是想用钱来实现自我的价值了。但他不懂。

而另一位朋友,在我目力所及的范围内,则看到她把自己与金钱与欲望完全融合在一起,三位一体了。

钱就是一面镜子,能照见世间的所有。现在这个社会，一部分人还是羞于谈钱，将其视为洪水猛兽，另一部分人则猛打方向盘，从"穷光荣"变成了"钱光荣"。

这是一个最好的时代，也是一个最坏的时代。

写完这些，卓玫瑰就署名柔丝，自然不投晚报，而是把《玫瑰或金》发在了日报的副刊上，稿费一百元。她把钱与剪报放一起，用塑封机封了起来。

在后来的随笔集里，唯一没收录进去这篇，不知是塑封的原因，还是她已经不同意自己在这篇文章里的看法了。未来的女儿卓玉发现它时，竟然被硬撅撅藏在衣柜折叠好的毛衣里。

有天卓玫瑰刚面试完一拨人，正打算去楼顶食堂吃饭，钱伟健却顶着海飞丝型的稀疏头发，夹着公文包和雨伞，笑眯眯地走了进来。

她吓了一跳，问他来干什么，谁放他进来的。男人不回答，只说："玫瑰，你应该把广告给晚报，而不是日报那个瓜皮。"

卓玫瑰真是哭笑不得，她跟他都有仇了，他还好意思来拉广告。

"我预计，天助未来的广告量很大。保健品嘛，就靠地毯式轰炸骗人。你要不给咱们全省报纸的龙头，算得上是公报私仇,楚总要知道了,会不高兴吧?"

求人还威胁上了,卓玫瑰气得赶他走。他走到门口去关上了门,又回来坐到面试椅上,神秘兮兮地看着前下属,好像自己与命运签订了协议。

卓玫瑰沉吟一下,不敢与他纠缠。她真没想到以后自己的权力会这么大,每年进出广告费百万千万的,就说:"以后的事,以后再说。我现在打招聘广告就喜欢日报,咋啦?找工作的人不会傻到只看晚报吧?麻烦你现在就去向楚总举报,反正你也是举报惯了的。"

钱伟健假装没听懂话外音,就继续说:"以后的产品广告如果给晚报,我可以解决你母亲换肾的问题。我有肾源,渠道很神秘,你的级别还不配知道,但肯定是不违法的。另外,我还能找到国内顶级的医生,包你母亲手术成功。"

卓玫瑰听了一愣,想:自己的难处原来谁都知道,就是最亲的曹一山和鲍菁菁不知道。他们与社会上这些人不是一个圈的。但他俩似乎也没问过她原生家庭的情况,这真是很奇怪。难道是多年前听她弱弱一句,说母亲是普通工人没啥好说的,就为了她的自尊心,再不提了?

这没错,她确实羞于提及母亲,并不是因为车工的身份,而是王学先过去不知道外面天空有多大,不知道自己多可怜,一味闹嚷嚷凶巴巴尽情得罪身边人的个性。

她不说话了,想着什么,一时心乱,半晌才道:"你先回去吧,以后再说。"

钱伟健心领神会,表情轻松起来,临走还对她飞了个媚眼,走两步又转身虚点她鼻头,说:"小丫头,在我身边成长起来了啊。"

卓玫瑰想吐,但那个诱人的肾源,让她皮笑肉不笑地挤出了一个微笑。

第二天,她让办公室主任去晚报签了几个招聘广告,跟日报均搭着来。

楚宝贵每次开会都说:"我们要用'深圳速度'来建厂,设备、厂房以及温室大棚基地都是二手货,冬天我们就能出第一批产品。"

他每次开会的时候,都显得慷慨激昂,眼睛很亮,有时还会失控喷出唾沫,员工们都憋住不敢笑。这特别像他少时围在卓玫瑰身边那种亢奋,努力讲着稀奇事,想逗她一笑。梧桐巷的人都笑说,宝贵靠口条混,说的是他从小有一张能说会道又让人舒服的嘴。当老板后他有了城府,不轻易开口了,说话越来越像个研究生文凭以上的人,只有在煽动自己员工时,才露出了过去的激情。

"不,也许是母亲改嫁早,父亲又常年跑船不落家,不是孤儿好比孤儿的处境导致的讨好型人格。"卓玫瑰毕竟写上小说了,总不由自主地琢磨人。

回望小时候,她重新发现,也许楚宝贵并不是天生热情,而是出于生存的本能。想想他也真牛,从十岁母亲离开到十七岁父亲也离开,学校与社会都没谁敢欺负他,他还反过来做女生们的"保护神"。

卓玫瑰回过神来,见楚宝贵已经在谈什么一年突破三千万产值,两年上亿,还要把天助高能棒送到阿拉山口,送到航天基地,送到沙漠深处,要一卡车一卡车送给一切缺营养的高级人才吃。她感觉他气球吹得很大,但因不懂财务与营销,也不由得不信,想保健品也许就是这样野蛮生长的吧。不过,不管他怎样用手指一幅幅地画蓝图,暂时也没对普通员工提未来想上柜的事。

卓玫瑰不知道他那边融资怎样,投了多少钱,只看到一切都很顺利,顺利得异常。而楚宝贵,整个状态特别像电影里的革命先辈——充满理想与激情。

她甚至有点喜欢他了。

公司一开始就搞的是股份制,不像江城很多企业才刚启动股份制改造。

股东开会的时候,不仅来了区里市里管经济的各路领导,负责做记录的卓玫瑰在满屋子黑压压的人头中,竟然见到了斯斯文文的台商协会的詹会长。

他也是公司的股东,占股百分之五。太让人意外了。

卓玫瑰越发觉得过去小看楚宝贵了，他有太多能量与人脉不为人知。她甚至觉得,手眼通天就是他那样——满脸堆着接近于郊区菜农的朴实憨笑,却穿着意大利进口的高端休闲服,用最卑下的口气,说着从高人饭局听来的最新概念,以及对方无法拒绝的好处。

国庆节后,楚宝贵打算在高档酒店办一个庆功宴,慰劳一下大家。时间地点定好后,卓玫瑰带着几个员工去布置现场。

跟餐厅经理核对菜单的时候,卓玫瑰吃了一惊,楚宝贵竟然每桌都订了千元的澳洲大龙虾。一虾三吃,芥末刺身、龙虾粥,还有一点用来做小炒皇。摆盘则是大大的木质雕花龙舟,极尽奢华的样子。与席的每人还有一只时价一百二十元的大闸蟹,放在雪白的骨瓷小碟里,红红白白的如雕塑般,煞是好看。除了几种常见饮料,每桌配的是四瓶法国进口红酒。卓玫瑰不识酒的品牌,但听经理说是什么获奖酒庄的作品,感觉应该不差。一桌连酒水下来打折后也要五千元,在1996年秋天的江城,那是富豪请贵客的标准,可楚宝贵却给两百多位普通管理人员吃,真是慷慨得前所未见。当然,车间几百个工人以及保安保管什么的,他还是没请。

卓玫瑰正看餐厅经理敲着计算器,就听旁边两名穿着旗袍的服务员在交头接耳："喏,看到没,辉煌的老板娘。"

卓玫瑰闻言一惊,发现不远处的临窗边,白副总正拉开椅子,绅士地请蔺春华落座。她赶紧一闪,不让他们看见她。她观察了一会儿,发现两人的关系,有点像她和曹一山,比较亲密,又相敬如宾。

旁边服务员还在嘀咕:"哦,就是在香港买五克拉钻戒那个啊。等会儿过去倒茶,看看她今天戴没有。""听说江城也有一两千元的钻戒卖了,改天一起去看看。""一两千元?那我踮踮脚尖也可以买。不会是锆石吧?""是真的。不过,是碎钻。"

一会儿算完账,卓玫瑰又叮嘱了些注意事项,就从另一头的电梯下去了。

她已经不太在意蔺春华是否教唆白副总举报她了,一直想的是,楚宝贵知不知道蔺春华嫁给赖大明了。从1995年夏天去辉煌谈工程,初秋签下合同,到1996年深秋,也就一年时间左右,她竟早嫁给了别人。

卓玫瑰感觉有点气紧,站在停车场调整了几分钟呼吸,才回去复命。

她猜楚宝贵应该早就知道,江城民营企业家圈是通的。她没想到,那个秦花也雷声大雨点小,没拦住蔺春华。

那几天她一直偷偷观察楚宝贵,似乎对方也无什么异样。到了聚餐那天，员工们敬他酒，他竟来者不拒。卓玫瑰这时才感觉他还是受伤了，甚至猜测，砸重金请员工也是这原因。

喝了好多杯后，第一副总到底会来事，就上去帮老板——挡了。员工们这才意识到不妥，不再放纵。这些毕业没几年的青年，大多也是反抗发配式分配，像卓玫瑰一样砸碎铁饭碗来大城市下海。抱着强烈改变命运念头的他们，就在铺满羊毛地毯和挂着金丝帷幔的酒店里，齐声唱起了《真心英雄》，声音大得影响了其他楼层。酒店老板第一次接待打了鸡血样的低收入群体，有点没经验，只好过来尴尬敬酒，说："楚总，您这帮员工生龙活虎的，一定会把天助搞成全国名企。"半醉的楚宝贵就道："不，我们的目标是世界五百强。""对，世界五百强！"旁边好几个营销部的小伙子站起来，大声接嘴。

又是一片嘈杂小狂欢，好像目标真的可以实现，每个人对未来都充满信心。

"星星之火，可以燎原。"楚宝贵站起来说，"你们把天助的信心传播出去！"

大家尖叫鼓掌，打呼哨。有几个人到处摄像，说是电视台记者，准备发新闻。

楚宝贵拉过旁边一名记者说："给我用个劲爆的题

目——江城最豪奢的员工餐。我要把保健品行业的营销人才都给吸引过来！"

看来他是真想搞好销售。卓玫瑰想。

她一转头，看见有一小撮员工跳上了角落里的音乐小舞台，开始点歌，配唱卡拉OK，点的又全是《男儿当自强》这种励志歌曲——"让海天为我聚能量，去开天辟地，为我理想去闯……"

不唱歌的员工则离开座位，举着酒杯满场跑，各自捉对组团，大声聊着酒醉心明白的体己话。

卓玫瑰一转头，发现楚宝贵和小焦不见了，她便也想走，就跟剩下的几个副总打了招呼，悄悄溜了。

出得门来，她一直在想，该不该跟楚宝贵联系下。想来想去，她还是回家了。

不出几天，她就打听清楚了，蔺春华跟赖大明出双入对有段时间了。至于哪天领证结婚的，谁也不知道。为了照顾宝宝贝贝的感受，赖大明不打算举行婚礼。奇怪的是，宝宝贝贝在9月份开学的时候，都被送进了一人十五万元赞助费的民营小学，也是江城第一家贵族学校。它虽然也在城边上，但与辉煌刚好反方向，说起来是一个城市，实际相差百来里路，孩子们周末才能回家。

那学校修成了欧洲城堡的样子，赖大明的私宅也是欧洲城堡的样子。据说在后一个城堡里，只有蔺春华这位女主人陪着他了。

卓玫瑰太惊讶了。她猜不透蔺春华给赖大明下了什么蛊，能这么快收了一个在她眼里看来算得上枭雄的人，还能让宝宝贝贝乖乖去住校。

她存了个心，继续慢慢打听，竟也打听不出太多，似乎有股势力在为赖大明两口子做保密工作。直到有天，她带着企划部员工去商场研究灯箱广告，遇到了秦花，才知道了一点内幕。

后者还是那么没心没肺，拦住卓玫瑰就说："想来你早晓得了，你那个妖孽发小，真的成了我家宝宝贝贝的后妈。"但她又说："不过，我带着宝宝贝贝找姐夫大闹了一场，姓蔺的一分钱也没捞到。"

卓玫瑰还没开口，秦花又喜滋滋地说："姐夫跟她签了婚前协议，辉煌的所有财产以后都属于我家宝宝贝贝，那个婊子一根毛都没捞到。"

卓玫瑰还是一句话都没说，秦花就被远处招呼她的女子喊走了。

对方来也匆匆，去也匆匆，就像上天专门派来的信使。卓玫瑰呆呆站在原地，想：蔺春华什么都不图，放下青梅竹马的楚宝贵不要，去跟那个土包子矮冬瓜，还带拖油瓶的黑社会结婚干吗？难道，她跟赖大明之间，是真的爱情？

她越猜不透，就越发觉得楚宝贵可怜了。其时，卓玫瑰已在市级刊物发了两个短篇小说，正对研究人性兴致勃勃，何况还是她最在意的人，她就给曹一山发了短信，约他红酥手吃饭。

这次曹一山不能来，说自己很忙，还问了天助公司的地址，说要给她寄一样东西过去。卓玫瑰巴巴盼着，以为他要第一次送她礼物了，没想到几天后一拆开，竟然是结婚请柬。

她正五味杂陈，曹一山似乎算准了时间，打了电话来，开玩笑说："卓总，赏光莅临鄙人的婚礼吗？"卓玫瑰朗声道："当然啊，当然要来。"

她感觉一切都在意料中，似乎并不忧伤，却在婚礼前某个午间睡着了，醒来花了一分多钟才确认自己是谁，确认在地球四十六亿年中的哪一天。

那一瞬间她有了奇怪的感觉，但她又说不出来，即便是作家了，也无法形容。她就假装出去调查终端，信步来到了解放公园。

她看着秋天的景色，颇有感慨，但还是说不出那种感觉。她钻进高大的水杉林，在树间的石子路上走了很久，依然找不出那是种什么感觉。

后来她钻出树林了，一看天边的云彩，突然就找到了——她感觉自己是一个外星人，被同族遗落在了地球上——对，就她一个人在这里。

她还意识到，这一生很短暂，自己做不了什么事，甚至也没几件事是为自己做的。她感觉这样的人生特别没意思。她还是没想起自己是卓玉，来自2057年，但她走出公园后门的时候，狠劲又上来了。

她想：既然本来也没啥意思，我也不用怕以后每天需要解决的各种困难了。因为，再难，也没去死难。既然没去死，又有何难。

原来，她竟是这样第一次想到了死，想得连自己都不经意不发觉。

十九 SX的惊人秘密

曹一山的婚礼就在距离天助不远的向日葵国际酒店八层的潮州餐厅里举办。

那是江城顶级的中餐厅之一，她做记者的时候去蹭过饭。但当她亲眼看见曹一山的婚礼后，还是非常吃惊。那完全就是比照外国电影里的豪门联姻搞的啊，一丝一毫都不差。

当天的酒席也是好几千元一桌的样子，每桌都有几个山珍海味类的硬菜，清蒸石斑鱼、腊獐子腿薄片什么的，都是卓玫瑰爱吃的，她却没动筷子。她想，鲍菁菁快来临的婚礼、蔺春华如果有婚礼、楚宝贵未来的婚礼，都是她可望而不可即的。为什么所有最亲近的朋友，生活都跟她特别不一样？虽然天助正式开业后，她又涨了一千多元工资，四五千元的月薪已是江城普通文员的十倍了，却还是需要很小心地计算开销，才能勉强支持母亲的医药费。不久前她买了只八十元的山区土鸡回去,母亲有点不高兴,省着不吃,后来放馊了,她又心疼得流泪。

家里没以前干净了,到处蒙着灰,父亲亲手打的家具也不亮了。母亲没精神,疏于打理,她又从小不爱做体力活,隔壁二嫂说免费来定期打扫,她却担不起这个人情。公司里的临时清洁工大郑愿意去她家打扫,说按时下最低标准收,她还是舍不得出钱,又怕她传播她家里事到公司,最后只好三天两头自己做做卫生,无论下班回来后有多累。

她有时在外公款请客,如果不与客人同路,就跟服务员悄悄叮嘱几句,自己把客人的车送走后,再反身回来拿剩菜打包盒。

曹一山的婚礼,虽有多种她第一次见到的菜,比如放在炒盐上面的炸蚂蚁裹糍粑的"雪山飞狐"、干煸几种蛇肉的"侏罗纪公园"都剩了不少,邻桌都离席了,有人在打包,她也不敢跟。

她看了眼红光满面到处敬酒侃侃而谈的曹一山,不知为何,感觉他也是一个会来事的俗物了。

当天晚上,曹一山的电话却打了过来,嗔怪她走时不打招呼,没拿喜糖就走了。她想他真的羽翮收息,开始注意这些凡俗细节了,就开玩笑说:"良辰美景,你不是该……"她想到报上最近说,江城人的良辰美景是拆开红包数钱,可这只是寻常人的想法,曹一山不缺钱。她就改口说:"你好好休息吧,估计这阵你累着了。""是累了。我想到之前你约我见面,是不是遇到什么事了?要不,明天见。"卓玫瑰就说:"小尔同意吗?你还在新婚期呢。"曹一山就说:"小尔可不是俗人。"

第二天,曹一山给她带了盒当时比较罕见的进口巧克力来,说是喜糖。卓玫瑰高兴地收下了,心里想着带回去给王学先开开洋荤。

当天点的都是醒酒养胃的素菜,还没上桌,卓玫瑰就把她的疑问说了出来。她不明白,蔺春华为什么不图钱还是抛弃了楚宝贵,嫁给赖大明。

曹一山微微笑了笑,说:"玫瑰,你没必要去担心别人,过好你自己的日子就行了。若是因为写作,你可以随意设想。在写作的世界里,作者才是国王。"

接下来,他非常具体地谈了他认为的现实与虚构的区别。卓玫瑰已经算得上江城的新锐作家了,再听"来源于现实,高于现实"这种论点,与学生时的理解自是不一样。

那天曹一山似乎故意把见面时间延长,没像过去一样仓促。此前有时一来他就告诉她,自己有事,只能待两个小时云云。他因为结了一个婚,竟比先前更殷勤,好像自己理亏了似的,倒让卓玫瑰有点不好意思了。

在卓玫瑰感觉应该散席时，曹一山对着桌上的残羹剩饭，又提出了一件新的事。他说："玫瑰，有件事，我不知道当讲不当讲。"

卓玫瑰吃了一惊，说："您老人家还有什么不敢讲的？"

两人便咯咯笑了起来，似乎再次感觉到了亲密。

曹一山笑完，就压低了声音，严肃地说："玫瑰，刚才在你的话中，我感觉你对天助寄托了很大期望，甚至把它当作了自己的未来。"

卓玫瑰一愣，静静等待下文。

"你应该知道我家也有企业。这不是什么秘密。"见卓玫瑰点头，他继续道，"有时我回家，跟大哥一起吃饭，会听到他谈一些信息。比如他说，有个最有名的'三'字打头的口服液，今年6月的时候，吃死人了。有人把这事压了下来，但纸不一定包得住火，家属还在闹呢。大哥说，从八十年代到今天，保健品野蛮生长，粗放营销，出了好多事情。尤其1994年以来，更是一个无序爆炸期，到现在快三年了，胆子大到胡吹乱侃的保健品多如牛毛。上头已经想要严格管理保健品市场了，尤其食字号这种，总把自己吹成有药字号的功能。我看了下你们招聘广告的内容，也是如此，追究起来肯定是违法的。"

卓玫瑰吃了一惊，第一次陷入了沉思。过去她只听楚宝贵的,也没多想,后者说领导们都非常支持这个项目,认为它将大有作为。

"我特别不理解的是,楚宝贵整天跟各路官员往来,应该早就知道上头想整顿乱象,今年3月就出台了《保健食品管理办法》。他却在那时拼着全部身家入局……不,看样子还加了无数倍资金杠杆入局。是不信邪,想顶风而上,陷入遍地的低级厮杀,还是另有追求? 我真看不透。"

"遍地的低级厮杀?"卓玫瑰抬起眼,重复了一句。

"对,遍地都是保健食品,你没意识到吗?"

"是啊,铺天盖地都是,所以我觉得这行业很热。"卓玫瑰说。

"哈哈,你真是不懂经济却混进了商场,像一个不会武功的孩子,跟着别人去打仗。今年来中国访问的美国投资巨擘华伦·布费(1996年媒体对巴菲特的称呼)说过,别人贪婪的时候自己就要恐惧。"曹一山带着点前所未有的疼爱与嗔怪说。

卓玫瑰想,结个婚也没必要显得如此看不起我吧? 她越发感觉被小瞧了似的,便杠:"你说的是股市吧? 我又不是在炒股,是在打工,恐惧啥? "

"你能这样事不关己地想就好。但我知道,你很求上进,肯定也希望在一个行业往上走。可保健品这个行业,估计未来在中国会有一段低谷期。这个时间可能还会很长,十几年也未可知,也就是咱们这辈子能干事的一半时间了。我不想你白费力气在一个大大的泡沫里。你看,光咱们学校附近,挂牌经营的保健品公司就很多,而且都是一个套路,说一个蒙人的英文缩写高科技概念,然后土法广告推销,停个车也有人来车窗边塞传单,上面都说自己包治百病。听说学校后门杀猪的岳屠户都打算不杀猪了,要去做保健品公司。"

卓玫瑰听完,心里越发凉了。

之前她对天助美好的未来,确实深信不疑。曹一山一天之内戳破了她生活与工作两大念想。

但她又想,就算天助只有两年寿命,她也要与它同生共死。因为,富家子曹一山并不知道,她在救母。活命都成问题,还去探讨一个行业的未来,多么奢侈。

她想到王学先手臂上密密麻麻惨不忍睹的透析瘘管,有点想哭。

她强忍着,把眼睛望向窗外,喉头酸酸地想,自己最想躲开的母亲,其实是在世间的另一个自己啊。母女并没区别,外表、脾性、身份都是虚幌子,她在王学先身上能看到自己的一切悲哀。她卓玫瑰,就是王学先啊。

这样一来,她越发觉得曹一山没那么亲了,就转过头,倔强反驳:"万一,天助的SX技术,真的是领先时代,跟那些个保健品不一样呢？"

话音一落,她甚至冒出一个念头,怀疑这是曹大河想争夺上柜名额的招数,先让对手扰乱军心的。

卓玫瑰正七想八想,却听曹一山说:"我今天来,就是要跟你说说天助的核心技术SX。"

曹一山娓娓道来,原来他刚知道,卖SX专利技术给楚宝贵的,是他一个铁哥们。那人从体制内出来,开了个夫妻店似的研究所,专门中介实用新型技术。

他跟曹一山说了整个技术过程。

作为天助高能棒原材料的俗称娃娃缨的萝卜芽,钙含量确实很高,是菠菜的三倍,还含有大量铁与维C,但人体并不能吸收多少,主要是里面含有草酸植酸,只能通过发酵来去除部分草酸植酸,促进吸收。这个发酵工程,他那朋友申请了专利。楚宝贵买过去后,自己取名SX,用于对外宣传。

"管它白猫黑猫,抓到耗子就是好猫。天助的产品能达到国标企标就行了。"卓玫瑰越发不爽,好像对方执意要端走她的饭碗似的。

曹一山不管,接着说:"是没错,但你们宣传的各种维生素、微量元素,瞬时高温灭菌后还能保持吗？不过是后期添加营养糊精罢了。"

"你怎么这么清楚？"卓玫瑰一惊，又想多了。

曹一山却说："曹氏集团也有休闲食品厂，跟天助规模差不多大。我们同样制造蔬菜棒，同样添加营养糊精，一包却只卖几毛，当普通休闲食品卖。在超市和小卖部都有，不知道你注意到没。"

暗恋曹一山多年的卓玫瑰当然知道，还买过，现在一想，其口味跟三天两头在天助内部尝的样品差不多，甚至更好吃。真没想到，是差不多的东西。

那厢曹一山已经在继续伤她的心了，说："天助这一个神秘兮兮的SX高科技技术，其实只比曹氏集团多一道发酵工艺，就在物价局那里报二十五元一盒的一级批发价，零售价也许还会翻一番。一盒大约容量是我家蔬菜棒三包的量，等于价格翻了十几二十倍。"

"你的意思是说，这是暴利，是昧良心的钱？"卓玫瑰低低问。曹一山不作声。

卓玫瑰想了想，感觉这几十个小时真的好虚无，她生活中所有的念想都被曹一山摧毁了。她便讥讽道："曹氏集团打算揭发天助？把它扼杀在摇篮里？"

曹一山看她那样，知道她有气，就笑了，伸出手拍了拍卓玫瑰的手背，说："别担心，曹氏集团不会干那种事。全国估计有几十万家保健品公司不止，都一样在吹泡泡。职能部门出台管理法规大半年了,还不是没一下按住,越来越乱。曹氏集团又不是太平洋的警察,唯一能做的,就是不投资保健品,不骗穷人。"

他赤裸裸占领了道德高地,卓玫瑰脸色更难看了。

她差点把母亲的事说出来,看他还觉不觉得一点忙也没帮的自己"伟"不"伟光正",但一想到小尔看他迷迷蒙蒙的、一看她就激光样锐利的目光,总觉得他有猛虎相伴似的,到底说不出口。

曹一山观察了她一下,又弯回来说:"玫瑰,我今天来,只是纯粹关心你一个人,不要对天助寄予太大期望。咱不管它洗脑与暴利的事了,单说保健品门槛太低,竞争无序,所有公司战略战术又一样,最终做不起来的可能性也挺大。我今天打了预防针,以后公司破产的话,你就不会那么失望。"

这一说,好像曹一山还是为了第四类情感而来。

卓玫瑰陷入了沉思,半晌才说:"我也猜不透了。楚宝贵再傻,也不至于急吼吼地背负那么大的债务去冒险吧?一旦失败,他这辈子别想翻身了。完全是破釜沉舟啊。再说,如今机器都安装了,文件也批了,人员到位了,内部样品已出了无数轮了,哪里还有回头路。"

二十　谁也猜不透楚宝贵想干吗

　　1997年春节期间,整个江城都在谈论"天助高能棒",楚宝贵投出的第一批广告费起作用了。人们在家过节,整天唯有电视与麻将陪伴,似乎何时打开电视,在本省某个频道都能看到一个六七岁的混血女孩,穿着红色披风,举着蔬菜棒说:"天助高能棒,天助我也。"她狠狠咬掉一口,瞬间眼睛发射电光,飞上天空,又落到一个滑雪场,一边风驰电掣滑雪,一边奶声奶气把圆周率背到了小数点后面几十位,然后她戛然而止,气色越发出奇的好,再次面对观众说:"天助天天助我!"

　　此外,江城最繁华的步行街上,都是天助的灯箱广告。上面除了最醒目的"天助高能棒"几个字,比电视广告的句子还多了些,"运用SX高科技,去除草酸植酸,实现全能大补",进一步说明天助用了什么技术,才让里面的营养成分怎样怎样牛，牛得像科幻作品中未来世界的食品似的。灯箱背景却是回归自然的童话般的世界。在长满鲜花与萝卜芽的原野上，飘着一个个气泡，里面写着钙、铁、锌、锰、维A、维C、叶酸、烟酸等营养物质的名称，其中钙与铁的气泡最大，居最显眼位置。

各个商场的促销则由大学生临时工发传单，日结五十元。传单上更加详细普及了关于天助的各种情况，远期愿景，甚至开上了人体医疗营养讲座，试图改变国人自原始社会以来只想从食品自然态吸收营养的"错误观念"。传单上的豆腐块文章，全部是各种知名营养学家和医学教授说的。

"原来，我们几千年吃菜都吃错了。"

"听说以后，我们都不吃菜了，光吃你们天助的高能棒。嘻嘻。"

卓玫瑰回到梧桐巷的时候，被蹲在门口吃饭的瘫二爷和嘀嘀哒嘲笑了几句。她感觉这些人素质真低，不想理他们，笑了笑就顾自开门进去了。

等她走进堂屋，却豁然一惊，这两人的话里好像有点真理。难道，天助真的在撒一个弥天大谎？

楚宝贵并没把打广告的权力给卓玫瑰，他把企划部收归手上，亲自管。卓玫瑰不以为意，但却让钱伟健不快乐了。外间传说楚宝贵一个春节打了一两百万元的广告，晚报却只得到几万元。

他专门打来电话，指责卓玫瑰挑唆楚宝贵不打报纸广告，置自己母亲的生死于不顾，是个不孝女。

卓玫瑰听了，耐心跟钱伟健解释，说楚总这样做是有章法的。第一阶段在最强势的电视媒体上喊出品牌名字，然后用灯箱讲出产品基本原理，再用传单等低价媒体改变人们的观念，让他们接受新型的产品。卓玫瑰预测，楚总第二阶段会大量上报纸推广，进一步细说企业与产品，到时晚报一定是首选。

卓玫瑰没告诉钱伟健，这是楚宝贵背后那个智囊团告诉他的西方广告学基础知识。楚宝贵像捂着古董一样不提智囊团的名字，连卓玫瑰也防着，但她能猜到，无非是一些交情甚好的官员以及营销、财务、营养等各种专家。

"那我等着。"钱伟健气呼呼挂断了电话，好像他掌握了卓玫瑰的命脉。

整个春节，含八十几名营销员的行政楼的二百多人就休息了两天，初二回来，倾巢而动，去第一线搞营销。卓玫瑰带了个秘书，在商场外面的广场上摆了个地摊，打气球把手都打肿了，经过她身边的小朋友甚至女青年都能得到一个免费气球，上面印着"天助高能棒"几个大字，五颜六色飘在人群上空。

这也是打造品牌的一环。

可她看见，整个广场都是各种保健品厂家在送免费小礼物，一家比一家舍得砸钱。直接送产品和代金券的碾压了天助，到后来气球都没几个路人愿意要了。她想起曹一山"遍地低级厮杀"的话，不免觉得早春寒风扑面。

到了初五，王学先的病情再次加重了。站得腰快断掉的卓玫瑰，正好请两天假去医院陪床，终于把自个儿恢复了过来。

她在病房看着窗外雾蒙蒙的院子，想：曹一山提醒我别太投入，别抱太大期望……不，为了母亲，哪怕是一个迟早会破的气球，我也要拼尽全力去吹。

"他这种富家子，根本没想到，天助是我全家的救命稻草。"她喝了口暖手的搪瓷缸子里的水，反而很想快点回公司去战斗了。

1997年第一个季度结束，公司里都悄悄传说，回款很少。卓玫瑰的消息来源于技术部主任。她去她那里讨论招人时，后者很兴奋，天南海北说了各种事。她想她一个人困在技术部也许太寂寞了，连老公揍了她、儿子把钉子钉进衣柜这种事也说了。她还顺便给上司普及了一些营养学知识。卓玫瑰才知道天助高能棒里也有防腐剂、香兰素等各种东西，哪有什么工业化的纯天然保健品。

她再次被刺激,蔫蔫地回到办公室,想到那个包打听的技术部主任刚才说她看到了财务报表,江城几百个超市、小卖部或批发点,加起来只有二十几万元销售额,也就是一个季度只卖了八千盒左右。她就想,一两百万元左右的广告与之相比,完全是举起大铁锤砸了一颗松子吃。更是与公司第一年销售破三千万元的目标,差了一百多倍的样子。

楚宝贵却毫不气馁,继续春风满面地在会议上激励着员工,口述各种美好未来。另一边,他不许财务再泄露销售数据给任何人看。

还没等大家回过神来,楚宝贵又在二十个省建立了办事处,一大笔不知数额的钱又花了出去。虽然在外省,他并不打昂贵的电视和报纸广告,只是发发传单,搞搞促销,但租房、工资、仓储、运输等费用,也是大得不得了的开销。

战线铺得如此长,不懂财务的卓玫瑰估算不出二十个省总开销,但她想起曹一山的话,隐隐有点不安,好比看到亲人在赌场上玩梭哈,又没机会去劝一样。

初夏之交,发生了几件事,更是加重了她的疑惑或担心。

有天楚宝贵把她叫到办公室,要她去查查小商品市场营销代表马涛的账。他说有人举报马涛延迟交付货款给公司,一月滚一月,以货款养货款,从中挪用了一笔钱。卓玫瑰领命而去,却有点为难。这个马涛也许早就怕东窗事发,故意跟办公室的人走得很近，经常午休过来陪女孩子们打跑得快。五毛钱一张的，一个午休输赢也就一二十块，他总是输多赢少，妙语连珠。卓玫瑰以及自己的直系部队，也就是办公室那几个文员，都很喜欢他。

查账查到好友头上，说不定还会把他送进局子，卓玫瑰干不出这种事，就把负责查账的办公室副主任叫去，暗示她私下找马涛聊天，敲打他，贪污几千元就会被刑拘，别轻视。跟他说公司打算下周从他管辖的批发市场那几十家店查起。

那副主任跟马涛好得不得了，还彼此去家里玩过几次，马上心领神会。她跟马涛谈心是周五下午，给了他两天时间把账做平。如果缺口太大，他去坐牢活该。如果缺口不大，就给了他一个补回去的机会。

马涛不知从哪里问到了卓玫瑰家的地址，周日晚上提着礼物上门来，说自己确实挪用了四千元，已经补回去了。他说他从此就是卓玫瑰的人了。她趁此机会教育了他几句后，假装无意打听了下回款情况。不想马涛愁眉苦脸，跟她说一线销售情况很不好。

"什么原因呢？"卓玫瑰问。

马涛就说："卓总，你不知道，同样的产品在市场上很多，都是十全大补，喝水跟输血一样，或者吃菜跟吃宇宙能量丸一样。这样子搞几多年了，谁还上当？要骗人，也该来点新的点子吧。"

"楚总知道吗？"卓玫瑰问。

马涛就说："他经常跑终端搞调查，比谁都清楚。"

卓玫瑰沉默不语了，谁也猜不透背后有无数高人的楚宝贵想干吗，是没眼光还是故意的？

再到公司，她就对副主任说："调查情况不用给我讲，直接向董事长汇报。我不太懂关于数字的事情。"

她也学会了难得糊涂。

那个时候，大家已经把楚宝贵直接称为董事长，再不喊楚总了，因他早已不知从哪里弄来了几个专家，在顶楼另开了间办公室，说是每天研究帮助天助股票上柜交易的事。

这些人也不跟天助公司的人打交道，车进车出的，似乎只是临时聘用的财务专家。卓玫瑰只跟他们间接打了两次交道。一次是小焦来通知她，要所有员工把自己与家里人的身份证都拿到公司来复印一份，越多越好，做普通股东名单。第二次是直接要求她签了一些文件，说她被任命为监事会主席了。

"我的官这么大呀，一人单挑董事会。"卓玫瑰一边签字，一边开玩笑。小焦笑着回她："想得美。你就是个装饰品。"

二十一　这个夜晚信息量太大

又过了一个季度，卓玫瑰的心腹马涛似乎是不经意地透露，好多营销员都想跳槽了，他也想。照马涛的话说，1997年的第二季度，二十个省的市场都放了个蔫屁，主要靠销量提成的营销员收入太低，活不下去了，没事都在看其他公司的招聘广告。

事情如此显而易见，楚宝贵还是不停在江城打广告，以晚报软广、传单和公汽横幅为主，有时也免费发放产品、礼品，或举行讲座。最昂贵的电视广告似乎没了，但干过广告的卓玫瑰心里一默，也知道季度广告总开支在百万元以上，晚报也有二十万元的样子。

卓玫瑰昂首挺胸去了趟晚报，打听肾源的事。钱伟健当着她的面打了个电话。对方声音很大，说前面还排着几位离休老干部呢，让他等等。

听上去钱伟健真的在帮她忙活，企业又在瓶颈期，她不能离岗，何况也没换肾的手术费，母亲也没到非换不可的阶段，卓玫瑰就不硬催了，暂时听天由命。

几天后，在全员大会上，楚宝贵直接告诉员工，公司在力争上柜。

从二十世纪八十年代以来，股市已经大冷大热了几轮，江城普通人都有了股票意识，大家都说小股市（也就是只能柜台托管交易那种）股民快接近十万人了，于是群情激奋，都觉得进了天助公司，就是捧上了金饭碗。

大家看董事长三天两头接送各级领导甚至外商来参观，上头也支持他们打上柜之战，更是对公司前途深信不疑。开会时大家巴掌都拍痛了，心想只要得到上头支持，让天助做民营企业的标兵也很正常，毕竟这种例子太多了。

想到上柜后股价很可能涨到两块多，也就是翻倍，连车间里的工人都把家底拿出来购买了原始股。

卓玫瑰省吃俭用，一年下来也有四五千元余款，但她有点犹豫，不想买，就给曹一山打了电话，想：这么多领导都知道了，天助搞上柜也不是什么秘密吧，我可以跟他讨论这事了。

"上头对每个民营企业都一样支持，不要过分解读鼓励的话，到时还是要拿销售额来比拼，一切看数字。楚宝贵的信心从哪里来,我也猜不透。"

卓玫瑰沉默不语,心想:楼顶那个办公室,难道在做假数字?她再次想到了辉煌集团修改数据的事,不相信楚宝贵也会有什么不得了的保护伞。

"玫瑰,我再告诉你一件事。我大哥预测,三季度发生的亚洲金融危机,对国内证券市场的影响会是深远的,现在还没达到高峰。"

"就像海啸一样,正在来的路上吗?"她终于开口了,用文学的句子问。

凡跟数字有关的,她都本能地不多想,但她相信曹氏集团董事长曹大河不是吃素的。

她回头便跟楚宝贵说自己没余钱,不买内部原始股了。楚宝贵说,不用买。当下也不多话,似乎漫不经心地,他就忙别的事去了。

她走出他办公室,才猛然想起,很久以前,楚宝贵说过要给她分红的干股,如今似乎再没提过。到了今天,公司人才扎堆,有她没她似乎都一样了,而她也因在这个用广告闹腾出一点名气的公司做了副总后,经常有猎头来挖她,好几家开的工资都比天助高。

也算互相成就了。她想着,往通道的深处走去。

当然,她不会仅仅因为高工资就离开楚宝贵。她总觉得自己与他是一种很特殊的关系，也许永远不会抵达男女之情，但又总比一般男女多了些什么东西。

这样七想八想的，她也就原谅楚宝贵忘记干股的事了，甚至想是发小就要理解他的难处，如今也不是他一个人说了算，天助是科学的股份制公司，是大股东们一起决定事情呢。

实际上，这只是境外影视剧传播给卓玫瑰的想法，其时江城屈指可数的股份制民营公司大多不是真的，还是一言堂，挂羊头卖狗肉罢了。

有时候，楚宝贵也叫她陪他出去应酬，一般都是宴请专家、教授或支行长、区级局长时，规格不低，但有两次请副市长的饭局，他没叫她。

有卓玫瑰参与的那些，喝的大都是贴着花式外文商标的各种进口红酒，不碰烈性酒。事业有成的人们一边大谈养生，一边吃着清蒸深海苏眉这样的高档菜，跟普通业务席上什么"感情深，一口闷"的风格截然不同。没人劝酒，也没人用自己筷子给人攮菜，大多时候谈出国考察的趣事。

卓玫瑰很欣赏这种斯文的调性，也暗暗不怎么碰贵的菜，想帮企业省钱。为了公司的面子，她拿出没买原始股的那几千元，去夏鸣笛工作室定制服装。其时观奇洋服等定制服装进入江城不久，卓玫瑰表面上算先吃螃蟹的人，实际是想省钱。她知道夏鸣笛只会收她面料费。

卓玫瑰有心变成有高级感的职业女性，更加向鲍菁菁请教了一些关于美的事情，夏鸣笛则为她设计了上下两截接缝的V领裹身裙。她总觉得有点眼熟，又想不起是从什么影像里看过的国际大牌。鲍菁菁叫她不要死脑筋，说天下服装一大抄，日常服装就那几个元素，领子袖口长短啥的，还能变出什么花样。她还说没谁能申请服装款式的专利。

鲍菁菁变化很大，似乎成了另一个夏鸣笛，留学意大利的事也不提了。有次在迪斯高滑滚轴溜冰，卓玫瑰见她变成小女孩一样，无比娇弱地要夏鸣笛抱着滑。

她站在围栏外观察着自己闺密，仿佛不认识她一般。后来吃饭时，等夏鸣笛去上洗手间了，她故意提到她的声乐理想，但没说帕瓦罗蒂。鲍菁菁却说："意大利还是要去的，等夏鸣笛的意大利分公司建起来那天。"她干脆告诉卓玫瑰，自己的人生理想已经变了。卓玫瑰问她变成了什么，鲍菁菁就说了一幅画面——在欧式宫廷风格装修的别墅里，她在二楼弹着钢琴唱着《斯卡布罗集市》。孩子们和狗狗猫猫在院子里追逐嬉戏。保姆在一楼的开放式厨房熬罗宋汤。大家一起等着在巴黎时装周发布了新作的夏鸣笛回家。

"这不就是典型的资产阶级生活方式吗？"卓玫瑰脱口而出。

鲍菁菁愣了下，杵她说："你们天助搞的不也是市场经济吗？江城哪个老板娘过得不比我刚才说的奢侈？"

卓玫瑰这时才想到，鲍菁菁确实要成老板娘了。

但她想表达的不是这个意思，好像是别的意思。也许她想说，女性要有自己的事业，可她自己打工搞暴利保健品骗老百姓的钱，就算事业吗？她说不出口了，而且想到对方说孩子们，肯定不是一个，而是多个。他们真的移民去没有计划生育的国家也未可知。

这样一来，她就更加黯然神伤了，感觉曹一山之外的人，也彻底失去了。

她只好闷闷喝酒，煎熬地等着夏鸣笛快来。而过去，她总希望夏鸣笛离开，让她与鲍菁菁有机会说体己话。

这天以后她不敢说了。她突然回过神来，跟鲍菁菁说了，就等于跟夏鸣笛说了，无论什么。

其后她又去了几次夏鸣笛的工作室试装。她很感谢他理解了她，给她选了沉静知性的风格，没用鲍菁菁选的那种浅浅的水果色，而是香槟灰、葡萄紫什么的。

有天从工作室离开，夏鸣笛刻意避开助理，殷勤地把卓玫瑰送到公司大门口，低声说："秦花最近找了我，说了些你发小蔺春华的事。"

"秦花跟你很熟？"卓玫瑰脱口而出。

"不太熟，"夏鸣笛说，"她有事喜欢到处找熟人说，好像大家都是判官。其实，谁能插手别人家务事呢？而且，这样做，也会给她自己惹麻烦。"

卓玫瑰想问秦花说了什么，却也不愿多事，就说自己跟蔺春华并无什么往来了，高攀不起。夏鸣笛好像没听到，顾自说了下去："秦花说的事，过于偏激，我就不转告给你听了。如果她找你，你注意保护自己，尽量少开口，否则，一句话都会被她当作论据，又转述给其他人。"

原来，夏鸣笛是为了关心她。

卓玫瑰心里一热，夏鸣笛却又说："我也在争取上柜，市里传说第一批就两个名额给民营企业，我跟天助算是上柜对手了，身份敏感，不能多说什么。但我看在菁菁分上，想跟你说，我不仅看不懂辉煌的内部纠纷，也看不懂天助的玩法了。楚宝贵天天烧钱宣传，完全不给自己留一点后路，就像澳门红了眼的赌徒。"

话音一落，他叹口气，不待卓玫瑰开口，就道了再见，转身兀自去了。

卓玫瑰呆呆站了半天，想不透夏鸣笛的话是随性而至，还是故意想让她传话给楚宝贵。她一边走一边想，这些人都是老板，自己就是一个打工的，随便他们神仙怎样打仗，我先站远点，免得血溅到身上。

"我的唯一目标，就是确保母亲的透析和换肾，其余关我什么事。"

她差点说出声来，可命运从不顺遂。

一直跟体制内的人应酬，卓玫瑰见到的都是端庄的谈话，所以后来经历那个赤裸裸的夜晚时，震惊程度就加倍了。

有天她在家刚吃完晚饭，楚宝贵突然打来电话，要她去江城最豪华的夜总会帝皇的唱歌包间101，说有贵客。

她做记者时，也进帝皇唱过几次歌。出钱请客的企业家把她当职业女性对待，也给她点一个陪酒女郎。她觉着没啥用，不太想跟她们多聊天，但她也知道，这是一个接待的规格。

她感激又奇怪，为什么把女性当男性待，才算是尊重？

到天助后，楚宝贵待她又像员工又像亲人，不让她参加有夜生活的活动，只让她跟体制内的人吃饭。那时还没禁止体制内的吃企业家的席，能请他们出来就是一个本事。那些人跟商人不一样，只吃饭，不参与夜生活。他们在酒席上说话像背文件上的句子，楚宝贵回复他们的话，也都是"制造报国"之类的大词。

饭后再叫卓玫瑰代替他去职能部门办什么事，也顺畅了很多。

他总说卓玫瑰很纯洁，又纯洁又能干，一心想工作，把公司内部打理得井井有条，连管理制度都写了几大本，还经常因时制宜修改条款。卓玫瑰被夸得害羞了，说："都是迟到扣款、卫生检查、月底考核之类的小事，哪有那么大的功劳。"楚宝贵就说："不小不小，我在酒席上听说，旁边新世界商场在香港的总老板郑裕彤，最近这些年就在亲自完善内部管理细则，其他事都交给下属去做。你说内部管理重不重要？"一席话说得卓玫瑰眉开眼笑，好像自己真的对他很重要，但是那天晚上，卓玫瑰知道了事情的另外一面。

小焦把卓玫瑰接到帝皇时，已是晚上八点过。爱用啫喱水把短发弄得紧贴头皮的她，一如既往，每有大事先进洗手间排空膀胱。不想里面正有一大群陪酒女郎在化妆，霸占了所有镜子。她们个个都是雪白的肌肤、蓬松的发型，做出半梦半醒的慵懒样子，把头发一丝不乱到像要去打架的卓玫瑰弄得有点自卑，她赶紧逃出来，找到了101包间。

她进去时，礼貌地冲一屋子半明半暗的人脸点了点头，哈了哈腰，就想找个边角位置坐下。不料正在喧闹歌声中跟人闲聊的楚宝贵马上发现了她。他带着酒气，指着一个长得极其丑的老人，说："玫瑰，你陪黄老板坐。人家在公司见过你一次，点名要你来。赶紧的，他马上就是你的老板了。"

卓玫瑰吃了一惊，以为实际百分百控股，虚拿了百分之十五股份出去拍一群人马屁的楚宝贵喝醉了，在说昏话。她听得出他喝到有点大舌头了。

何况，她想不起在哪里见过黄老板，也可能只是被他看见而已。

她转头看了看咧开嘴笑着的那个老人，干筋瘦壳加大嘴，肤色鳌黑穿花衣，像个老渔民，但顾全大局是做管理者的基本素养，她于是领命而坐。

黄老板一口台湾腔，不到两分钟就凑到卓玫瑰腮边，带着酒气掏心掏肺介绍自己家底。他真的是渔民出身的台湾老兵，带着一笔钱去香港做面料批发半辈子，赚了一大笔后，不满足做商人了，想做企业家，尤其想进内地搞制造业。原来很久以前，久到卓玫瑰还在读大学时，黄老板就跟做服装小作坊的楚宝贵成了好友。楚宝贵从来没提过，就像他从来没提自己跟台商协会的詹会长是好友，詹会长跟黄老板也是多年好友一样。一切都在这个晚上，被多话的黄老板说了出来。

其实也没什么，就算黄老板后来说他在詹会长的推荐下，打算花两千万元从楚宝贵手上买走百分之二十的股权，她也不吃惊。或者这个话多到令人发毛的老人说了自己这样选择的原因，是前期在内地办厂各种不顺，被霸凌，所以需要跟本地人合作，她也不吃惊。黄老板又喋喋不休炫耀自

212

己有六千万元，说不定还会把天助买下六成，控股玩，也没什么。但当他打着酒嗝说自己不想控股，还是想只花两千万元买估值一亿元的天助两成股份算了，卓玫瑰这才有点豁然开朗了。

原来天助目前价值一亿元，是有机构估值的，不是随便说的。

"我没搞过企业，只会贸易，不认识江城的各路神仙。我要跟着一帮子有本事的大陆人，把天助从上柜干到上市，变成价值几十亿的企业。"黄老板还在顾自掏心掏肺。

这个夜晚信息量太大，卓玫瑰第一次知道，两百万左右身家的楚宝贵，过去在传单上对外宣称融资了三千万元是真的，真融资了这么多。如今天助名气大了，要上柜，又被估值为一亿元，转让出去部分股份，只是为了后期更多的投入广告。

"销售量小到不够发工资，还想继续吹。"卓玫瑰突然想到，"就算楚宝贵只卖两千万元出去，好像也赚了。毕竟前期两个季度虽然大鸣大放，费用似乎也超不过一千万元。"

如果有几个黄老板来买股份呢?卓玫瑰一念升起，吓了一跳。

之前跟曹一山谈话后，她脑袋上好像竖起了天线，更注意信息。她看到楚宝贵最近接受晚报采访时说："江城人崇洋媚外,喜欢合资或进口品牌,对国产品牌有偏见。"她那时就猜到楚宝贵会把企业变成中外合资,但她没想到,他会跟詹会长合起伙来,与黄老板交易……有点像……有点像江城个体户中很流行的玩法:把一个商店做出名气就加数倍价格打出去,再去开新店,重新创业。

与此同时,楚宝贵多次对她说:"我们要像洛克菲勒一样,做百年品牌,不要学国内那些土包子,挖一锄头就跑。他们不是真正的企业家。"

难道,他在说一套做一套?

再一个问题,自称有六千万元的黄老板,真的不懂企业经营?他身边难道不招聘有文化的人?一个商人对数字最敏感,难道他看不懂报表,或者没看到真实报表?此外,楚宝贵除了有詹会长背书,还有什么大人物背书吗,竟让黄老板如此信天助销量甚好,还得到了上头暗中钦点,不久会上柜,有天还会上市?

黄老板怎么会那么好骗?是什么让他深信天助正在走向辉煌?

七想八想的,太费脑力,刚喝进去的几口鸡尾酒差点被她吐出来。

如果黄老板没得到真实信息,难道这是个骗局?从寻找项目到今天打出去二成股权,所做一切就是为了骗银行贷款、骗黄老板购买？明明两百万的身家,一年内做出三千万元投资,估值一亿元,两千万元分二成股出去。

除了黄老板，还有没有其他购买者令楚宝贵资金回笼更大？若真是个骗局,楚宝贵联合了多少人参与,才会让这个台湾人爽快掏两千万元出来?

反正,天助也好,江城其他民营企业也好,当时大多是假的股份制,转让股份并不需要董事会同意。天助的董事会也是假的,除了楚宝贵,其他人不过是凭资源白占便宜罢了,哪管他转不转让自己的股份。

卓玫瑰一层层如玫瑰花瓣一样递进联想，把自己都想呆了,突然感觉楚宝贵在愚弄包括她在内的所有人,在违法的边缘疯狂行走。

也许，他从没想过要搞好一个企业，就是联合一大帮人，设了一个局,宰宰银行和港台商人,员工与消费者不过是陪着他们演戏?两年时间内从两百万身家变成大几千万,然后将资金转移出境,跑路……不知所终……

她不敢想下去了,突然发现黄老板的手已经搭在了自己肩头,摸摸索索的。她本能地反应过激,尖叫了一声,跳起来。

包厢里歌声停了,一时鸦雀无声,只有背景配乐。大家都盯着她。

楚宝贵再不像平时那样护她，借着半醉，厉声说："卓总，你咋啦？咋啦！没见过世面吗？"玫瑰回过神来，刚想道歉，那个黄老板却站起来，笑着把她肩膀重新搂紧，按回沙发上，继续排排坐。

　　她知道应酬如工作，问题严重，没反抗，任那个老色鬼摸她肩头，用酒气熏她脸。她又听黄老板说："老楚呀，别生气，黄花大闺女都是这样的。处女的脸皮就是薄嘛，我喜欢。"

　　卓玫瑰一惊，她是处女的事应该只有楚宝贵知道，没想到，他跟人谈起她，竟把这当作了她的"价值"。

　　她不是有能力的高管或者亲近的发小，而是处女！那他楚宝贵与街头混混说话有什么区别？

　　不读书的到底不是文化人，别看他整天嘴里都是文化词，本质还是封建遗老。她恨恨想完，瞪了他一眼。隐隐的泪光刚好被灯光折射成寒刃，刺向他。

　　楚宝贵一见，更生气了，大声命令后面进来的小焦，要他马上把卓总送回去。

　　他隔着两个陪酒女郎向黄老板道歉："卓总状态不好，咱来日方长哈。今天先让她回去休整休整。"黄老板也是世事洞明之人，赶紧摸着卓玫瑰的背部说："快回去好好休息，别让大家担心你。"

卓玫瑰知道楚宝贵怕她坏他的局，有点后悔顺了黄老板的意叫她来，其实她不敢造反，但也借着台阶，向大家道了歉，说母亲有病在家，先走一步了。

黄老板竟对她的情况了如指掌，在她站起来的瞬间，突然死死抓住她的手，仰头说："玫瑰啊，什么事都不要怕，哥哥们以后都会帮你，尤其你母亲那个事。别怕，啊，别怕。"

他主动起身，想送卓玫瑰出门。卓玫瑰再三感谢，使着暗劲挣脱他苍老粗糙的手，把他推回到沙发上，自己走了出去。

她一直不敢看楚宝贵的脸。

下帝皇大门台阶的时候，她被夜风一吹，突然狠起来，想：本来就是个马屎皮面光的企业，要是以后老色鬼成了大股东，经常来，日子不知道多难过呢。不如跟马涛他们一样，私下给自己找退路算了。

她明白，自己再不是当初的软广业务员了，而是江城小有名气的女高管。区里市里不重要的会议，都是她去参加，在企业圈早不是生面孔了。

这样一想，她就更淡定了些，跨上了小焦悄没声息滑过来的大奔。不想刚关车门，平日里交情与她不错的小焦就说："别上那老头的当，他个人哪有六千万元，还不是组织台湾老乡凑的。他只做股权代表。"

原来是借着大陆与台湾的信息阻隔，有一个骗一个。怪不得他做出如此迷信天助的样子，一丘之貉啊。卓玫瑰恍然大悟，却没说出来，只道："他有六个亿我也不跟他，你放心。"

大奔正要启动，有人却在嘭嘭拍窗户。小焦一见，赶紧把窗户放下来。

蔺春华站在夜色中，冷冷看着车里的卓玫瑰，说："咋啦，你还没滚蛋啊？列车都出站了，你还赖在天助干吗？"

卓玫瑰刚想反驳，却突然会到了什么，就问："怎么这么巧，你也在这里？"

蔺春华就说："我新注册的公司也是天助的股东，楚宝贵没告诉你吗？哦，对了，你的级别不配晓得这些事。"

卓玫瑰吃了一惊，一时还没反应过来，蔺春华又对小焦说："让她下车。不许她坐公司的车。"

小焦嗫嚅道："董事长……不，黄……"

"我说的，公司的车，不许这个人用。让她自己回去！"蔺春华继续厉声说，目光在灯光下如电一般盯着卓玫瑰。

卓玫瑰只好下了车，对着蔺春华，沉吟了半晌才说："你俩穿的是连裆裤。"

"你才明白呀。谁跟我都穿连裆裤，我就这么幸运！只有你，卓玫瑰，孤家寡人。"蔺春华笑着转身，走进了帝皇，"你在我面前耀武扬威了十几年,你以为你是谁? 哈哈哈哈。"

卓玫瑰想问小焦,蔺春华是不是去101,一转头却发现车已经开走了。

她只好自己往前走,想穿过一条短巷子,去附近公汽站,少转一次车,节约一块钱。不想那条巷子太黑,她刚拐进去不到十几米,就被另一条岔道进来的轿车撞了。

卓玫瑰再次昏迷过去,醒来时在医院又被说是"轻微脑震荡",需要住院两天。但她因祸得福,每临深夜,终于能勉强记起自己的另一重人格卓玉了。

她想起了先前的两个疑问。为什么自己会来到二十世纪九十年代? 这绝不是穿越。世上还没有人能穿越。若是被人催眠或输入记忆了,也绝不是找亲生父亲那么简单。因为她从小就没有寻亲的愿望。她还想起SKT的种种,也就是那个宣布想绑架她的国际恐怖组织。

卓玉躺在病床上,算了下,此时已经是1997年夏天,距离她成为受精卵的秋冬之交,只有几个月了,她还没看见母亲身边出现一个靠谱的男人。

"会不会让卓玫瑰离开天助,进入陌生环境,我的亲生父亲才会现身呢?"卓玉思考着这个问题,连续两天睡不着。

出院那天,她脑袋不痛了,但与卓玫瑰的关系变成了

"自我与本我"的关系。卓玫瑰像是卓玉的房子,不静下心来呼吸吐纳,靠冥想进入内心,卓玫瑰就发现不了里面其实住着卓玉。如世间每个迷魂一样。

二十二　纸终究包不住火

卓玫瑰不知不觉用了女文青的表达方式辞了职，而不像个高端职业女性一样按该有的程序走。

也许她怕见到楚宝贵，就写了一封信，一早趁清洁工打扫时，放在了后者的大班桌上。她在里面只写了几句话，说家中母亲身体变差，需要全职陪同求医云云。她还感谢了企业对她的培养，也没说剩下半个月工资要不要。

到底是发小关系，她把公事处理得像小女生在置气，趁着上班前收拾了自己的零碎东西，走出大门，还故意关了手机。

回家后她没事人一样，跟母亲撒谎说休年假。王学先说没听说过这词，她就耐心给她解释了，说是学外国人的，还说天助啥都是弄潮儿。她亲自做一罐酸萝卜老鸭汤，整整花了三个小时，拿着一本《包法利夫人》，坐在后院，守着蜂窝煤炉子慢慢炖。小说始终停在某页,那汤是她此生费时最多的一个菜。

到了下午,应该来公司看到了辞职信的楚宝贵,并没打家中座机找她。直到晚上快睡觉了,楚宝贵还没亲自上门找她谈心。

看样子,他也许真的不需要她了。或者,他自己已经在想办法把天助脱手,正好不让卓玫瑰跟着自己一起沉没。

卓玫瑰重新开机后,天助没任何人问她为何走了,连平日里最拍她马屁的办公室文员们和马涛也没动静,特别诡异。她每天一边七想八想,一边跟之前想挖她的公司联系。

天助公司还是没任何人找她。

她儿戏般地离开了,公司也儿戏般应对,连欠她的半个月工资也没补发。

她的心里好像有什么东西默默爆裂了,但她甩甩头,坚强地告诉自己,这段生活结束了。

有个阴天,她刚从一家先前想挖她,如今又拿腔拿调要她回去等通知的公司走出来,夏日的暴雨就突然砸了下来。她一惊,跑到旁边一家银行的屋檐下躲雨,一分钟后,又狞笑着走进了雨中。

她包里有伞,就是不拿出来,大义凛然般在暴雨中顺着人行道往前走。被雨淋湿的裙子把她身上三个敏感点鲜明地刻画了出来,两旁躲雨的人指指戳戳,她视若无睹。一个炸雷落地,街旁屋檐下一排排的人一起叫了起来,唯有进入旷地的她没被吓到,却突然感觉放松了好多,好像以毒攻毒。

又走了几百米,她开始掐着红绿灯的明灭过马路。街上什么都听不到,只有暴雨声,马路上低洼处已经积了两三寸水,空中也水汽蒙蒙的,能见度超不过二十米。没车没人了,万物都像藏了起来,远远躲雨的人也变成了五颜六色的虚点。

这个时候,卓玫瑰体内的卓玉突然冒了出来。

她在过马路的时候,突然发现,做卓玫瑰是多么糟糕,她想回到2057年去,想大量时间在地下实验室与同事们一起为人类做贡献,想偶尔回到自己的小筑,与比尔相处一天。

他俩彻底实现了一首《致橡树》的旧诗所写,根相握在地下,叶相触在云里,看上去很亲,实际是两个不相关的独立个体。他俩各有自己的比男女之情更重要的科学理想,见面甚至思念都不多,却彼此信任,牵扯难断。

比尔甚至帮她专门做了个能看到星空的屋子。他俩一起喝着红酒,一起想自己的前世在哪颗星星,以什么样的生命形态存在。他俩没有婚恋与经济的压力,也不需要做家务以及生养,除了为人类的科学做贡献,剩下的只是搭伴享受人生。

可在1997年的当下,母亲竟然活得这么苦这么累,每天都要为家里的油盐柴米担心,所有压力都来自未来不再具有魔力的金钱。

环顾四野,整个社会都在为金钱打破脑袋,还美其名曰"发展经济"。

卓玉真的厌了,想回去了,又不知怎样才能回去,更怕自己走了,王学先没人管。她已经深深担忧起外婆来,好像自己真是卓玫瑰一样。她就趁着暴雨与自己的混淆,大声哭了起来,反正没人能听见,也没人能看懂哭与淋雨表情的区别,更没人能分清雨水和泪水。

她猖狂地哭了半分钟,快要走到对面了,一辆卡车从她背后飞速开过,溅起一片迷你海啸,扑向她背后大半个身子。她不管,有种豁出去的快乐。

她刚蹚水走到马路对面,一家装修精美的中式茶馆里突然跑出一个人,抓了她胳膊就往里拉。来人力气很大,如一股龙卷风把她蒙头蒙脑卷了进去。

下午的天色突然黑得像傍晚,半晌后卓玫瑰才看清,是曹一山。这里的老板显然是他朋友,一秒不间歇地凑上来,也不多话,大声命令小妹把卓玫瑰弄去洗澡换衣服,又顺势子打开了店里的各种情调灯。世界瞬间明亮起来。

卓玫瑰洗完澡,吹干头发,阵雨也停了。她穿着服务员的五四青年黑色半截裙加盘花斜扣收腰月白短褂走出来,坐在窗边喝茶的曹一山映着一丛鲜花,咧嘴一笑:"回到学生时代了。"

卓玫瑰没心情回话,任他向茶馆老板说她是他最得意的学生,就开始喝起了茶馆为她防感冒熬的姜丝茶。

卓玫瑰一横心,不再说一半留一半,把自己这阵的遭遇和盘告诉了曹一山。刚才淋雨后,她感觉自己很恨楚宝贵了。

曹一山却并不惊讶,说:"我大哥公司的营销员与天助的营销员跑的都是一样的店面,早就发现天助高能棒销售量很差了。纸终究包不住火。"

"那,天助还能上柜吗?"卓玫瑰问。

曹一山举着仿官窑茶杯,看了卓玫瑰半晌,才说:"这不是废话吗?我们刚才说了这么多,不就是猜测他利用上柜哄骗一群台商接棒吗?你以为,江城第一个上柜的民营名额会给一个年销售额仅仅小百万、打广告也花了小百万的企业吗?"

他说到这里,笑了起来,看那茶馆老板不在身边,就压低嗓门说:"我这个朋友,就是在江城到处做餐馆、茶楼,做半年一年人气起来后，便翻几倍打出去。他从不长久做一个店。这不跟楚宝贵是一样吗？"

"不一样。"卓玫瑰说。

曹一山一愣，卓玫瑰就说："看样子，你这个朋友真的能做出人流量来。楚宝贵并没把天助做起来，一切都是制造出来给人看的幻觉。"

曹一山闻言，也愣住了。

二十三　迷雾一般的赖大明

接近夏末的时候，卓玫瑰终于找到了一家名叫善木的合资商场，做培训部主任，各种待遇补贴加起来，也有二三千元，好赖能把这个家的大头支撑下去。

这家真正的合资企业留在江城的并无老板，全是高中低层级的打工者，不需要管理人员下班后出去应酬八方，特正规的样子。她就想着周末找几个家教做做，再赚点一稿多投的报纸稿费，差不多就能补齐母亲的透析费用了。唯一缺点是离家很远，每天公汽转巴士几趟，往返共用四个小时左右。她早出晚归，筋疲力尽，常在下班时去往商场旁边一个竹木棚子里，烤两串臭干子垫垫肚子，再去挤公汽。

有天她刚吃完臭干子，鲍菁菁就来电话，要她去雾都沸腾鱼的包间吃饭。她给母亲打了电话，简单安排完晚饭，就去赴宴了。王学先依然很乖，再没有任何强悍，像个孩子样听女儿的话把剩包子拿出来蒸，女儿并承诺晚上带好菜回来。她只一味嗯嗯嗯，连叮嘱"早点回来，注意安全"都不说，完全是另一个人了。卓玫瑰每每猜想，那个病真是耗费元神了，母亲什么都不想掌控了。做女儿的因此更有换肾的紧迫感，又毫无办法。

卓玫瑰紧赶慢赶，转了两次车，刚找到那间名叫朝天门码头的包间，就吃了一惊，她听到有个熟悉的声音在里面大声说话。

她愣了下，还是走了进去，发现大盆沸腾鱼还没上，只上了一圈五颜六色的开胃小菜。大圆桌边除了鲍菁菁、夏鸣笛，还有秦花。这次秦花脸上少了蛮横，见她进来便停了声音，微笑一下，再转头对着夏鸣笛继续讲述。

鲍菁菁用手势示意卓玫瑰自便。

原来，秦花好久没见到姐夫了，集团自去年任命蔺春华代理总经理职务不久后，她就没见过了。具体日子她也说不上来，因为赖大明是逐渐减少来的次数的，又爱出差，所以她开始并没太在意。等她发现赖大明彻底不来公司很久后，才找借口给赖大明打电话。不想每次打过去，总是蔺春华接，说赖大明在养病，究竟什么病也不说，只道董事长不许她多管闲事，还说没大病，死不了，让她搞自己的事去，别做包打听的岔巴子。

秦花又说,她今年一个暑假都没见到孩子们,现在才知道,宝宝贝贝竟然被转到北京的贵族学校去了,说是为出国留学做准备。

"鸣笛哥哥,你是我见过的最善良的人了。帮帮我姐夫吧。他过去最喜欢你了,想都不想就把那么大的制服生意给你,还是我亲手转的账。"

"那还用说吗,我跟你姐夫就是好兄弟,有事肯定不会不管。你说了半天,我还是没明白你想说什么。我之前打电话,蔺总也跟我说董事长病了,有事可以找她。人家说的没问题啊。她当总经理也不是一天两天了,确实有能力,辉煌越来越红火了,你做财务的,应该很清楚吧。你姐夫想退居二线休养休养,不是挺好吗?"夏鸣笛软糯糯地说,然后招呼秦花喝刚榨的玉米汁,说含有维生素E,去皱纹。

秦花端起玻璃杯,刚要喝,又放下,说:"我没心思跟你们吃鱼,我怕我被刺卡到。算了,我就打开天窗说亮话吧,我怀疑姐夫被杀了,晚上都做噩梦了。"

话音落地,包房里安静了一分钟,然后,夏鸣笛就先笑了起来。

他看看秦花,再看看目瞪口呆的鲍菁菁和卓玫瑰,说:"电影看多了吧。怎么可能?蔺春华又不能永远不让赖大哥出来。不说别的,单说寒假快到了,宝宝贝贝是要回家的,这事瞒得了吗？再说，她杀夫有啥好处，连股份的继承权都没有。"

秦花愣住了，说不出话，但她努力辩解："我总觉得有点不对劲。我晓得她能干，可姐夫年富力强的，她可以当左膀右臂嘛，为啥要把集团全交给她，自己躲起来？再说，我姐夫一直没啥病啊，就算有病，为啥不去医院？"

鲍菁菁也开始打开思路了，插嘴说："首先，我觉得蔺春华没有杀你姐夫的动机。大家都晓得，她没有一点辉煌的股权，只是一个职业经理人。只有你姐夫活着，她的腰杆才能硬啊。"

秦花沉默了，半晌才说："为啥姐夫不见我，万一是误杀呢？"

这次连卓玫瑰都笑了，想：真误杀了，蔺春华应该赶紧潜逃海外才对。但她不作声，只听鲍菁菁快言快语说："他已经不是你姐夫了，你放过人家好吗？整天盯着别人家的日子干吗？"

夏鸣笛抓鲍菁菁的手没抓住，话已经冲口而出。

秦花愣了半晌，眼睛红了，哽咽说："原来，你们并不支持我呀，我才是肉中刺、眼中钉。我懂了，懂了，好，明天我就辞职，自己去北京应聘，好歹还能经常去看我家宝宝贝贝，管他赖大明蔺春华牛打死马，马打死牛。"

秦花说完,也不跟人说再见,起身拿起包包,就冲出去了。

剩下三人互相看了看,卓玫瑰才开了口:"要不要我去把她追回来?"

鲍菁菁说:"别追。我们今天没请她,是她看到我们后,自己闯进来的。"

卓玫瑰就说:"那好,我也不喜欢没头脑的人。"

"凡事一搞就炸,一炸就到处说,外面人都说她是祥林嫂。"

鲍菁菁话音还没落,夏鸣笛突然说:"秦花咋咋呼呼的,靠直觉与情绪过日子,不能沉下心做理性分析,但,直觉也不是毫无用处。"

"啊,怎样讲?难道我们身边真的出杀夫案了?"鲍菁菁亢奋起来。

"不是,"夏鸣笛喝了口啤酒,吃了点先上来的凉碟,斟酌了下才说,"玫瑰也不是外人,我就直说了吧。我过去跟赖大明很熟,喊他大哥。他也很有大哥之风,喜欢请客,豪掷万金,每个月总有一两次,会把我们这些兄弟约到江城某个新开的好餐馆尝新。说真的,我第一次喝上万元一瓶的路易十三,就是赖大哥请的客。他说自己在请客中感觉到一种满足感,也因此把一帮兄弟团结在了他身边,互通信息多年,共同发财。自从他跟蔺春华在一起,几乎就没请过我们了,大家的情分也淡了。他好像不是过去的赖大明了。"

卓玫瑰听了,突然一横心,说:"要不,我们去夜探蔺春华吧?"

她没有说赖大明,竟说出了蔺春华。她被吓得脸一红,以为自己暴露了自己的恨。不想另外两人根本没注意到。

鲍菁菁已经兴奋起来,说:"好呀,好呀,再不去搞清楚,我晚上会睡不着觉的!"

夏鸣笛就说:"你们也是成年人了,不要想一出是一出好不好?"

卓玫瑰还没开口,鲍菁菁就吼了起来,说:"成年人就不能有正义感吗?成年人就因为害怕蔺春华,不关心自己的赖大哥吗?你在我爸爸面前每次都把自己吹成道德楷模,背后却是事不关己高高挂起的自由主义者。我要去跟我爸爸说。"

鲍菁菁站起来,薅了自己的小坤包就往外走。夏鸣笛赶紧拦着拉她,低声下气说:"菁菁,如果你是为了打抱不平,我支持。咱们都是青年人,要有点血气。我刚才以为你是好奇。"

"好奇与打抱不平,我都有。"鲍菁菁还是那么骄横。

夏鸣笛赶紧拉她重新入座,开始与两个姑娘商量怎样去探望赖大明,又不显得突兀。他们商量了很多方案,比如有当场就打电话问候这种,还是怕蔺春华做拦路狗;或者让赖大明跟他们讲电话,像电影里那样用录音。

商量来商量去,他们决定,无论如何要见到赖大明本人。

大家越说越乱,当天倒是急于发言的卓玫瑰被鱼刺卡着了,吞饭、喝醋都没用,后来鱼刺还从喉咙生生滑到了食管,一呼吸就扯着痛。她被两个好友送到医院,吃了一勺子钡餐才吞下去,医生说看样子不是鱼刺,是鱼的小块脊椎。

一餐饭吃得兵荒马乱的,她也忘记给母亲打包好菜了。

二十四　越发觉得迷雾深了

他们刻意选了蔺春华在市经委开会的时间，去拜访赖大明。

在那座古堡一样的别墅门前，夏鸣笛和鲍菁菁下了车，拿着从欧洲买回来的领带，去敲门。司机留在车里，卓玫瑰躲在后排，显得像只是小弟携未婚妻来看大哥。

开门的是与夏鸣笛认识的保姆陈姐，两人寒暄了几句，前者就说自己要结婚了，亲自来给大哥送请柬。

陈姐显得有点尴尬，说："董事长身体不太好，怕是不能去参加你们的婚礼了。"情商极高的陈姐又趁机夸赞了鲍菁菁几句，好像她绝世无双似的。

夏鸣笛就说："我知道大哥最近不出门，但陈姐你也晓得，大哥是我贵人，提携过我，就算大哥不能亲临现场，我也要亲自来送请柬到他手里，表达我对他的情谊。"

陈姐又说她可以帮董事长转达这个情谊。董事长精神不太好,不愿意让董事长费神,还是她代转请柬为好。

夏鸣笛又找托词,说自己很想念大哥,来都来了,还是想见见。再说,大哥还没见过自己的未婚妻呢。

夏鸣笛说完,转头看着鲍菁菁,却发现女友的脸色已经很难看了,拉垮下来,看着陈姐。

双方正在僵持,琢磨再找理由劝说对方,旁边的对讲设备却响了起来。蔺春华在里面大声说:"陈姐,让他们进来!不就是想见我老公吗?让他们见。砍了树子免得老鸹叫。"

原来她没去开会。原来她把来人的心理猜得透透的。

鲍菁菁和夏鸣笛一对眼神,到底是官二代与富一代,在江城并不真怕几个人,就拉着手,昂首挺胸走了进去,做好了揭穿蔺春华的心理准备。

不想刚进一楼大厅,他们就听见赖大明的声音在头顶响起。

"谢谢你来看我,鸣笛。"

话是客气的,语气却有点凶狠,但气息不如平日里足。两青年一抬头,竟见另一位保姆张姐推着轮椅里的赖大明,正在二楼俯视他们。

夏鸣笛吃了一惊,刚想拉着鲍菁菁上二楼,蔺春华却从古董架后面闪了出来,手里拿着摩尔烟抽着,站在楼梯口,也不叫陈姐给他们看茶什么的。

赖大明咳嗽了几声，说："鸣笛，我前阵摔断腿了，不能下来。你也别上来。我身体有点不好，一会儿就要睡觉了。另外，请转告秦花，叫她不要再来骚扰了。我马上要去国外养病了，以后，江城这边的事，你们找蔺总就行了。"

原来秦花到处找人的事，他知道。

还没等夏鸣笛开口，张姐就推着赖大明进去了。轮椅在木地板上走得哗啦哗啦地响，楼下的人能清晰听见赖大明进卧室关门的声音。

夏鸣笛和鲍菁菁出来后，到车上见了卓玫瑰，只说了一句"人还在，不过马上要常住国外养病了"，就再不多说一句了。

卓玫瑰看他神色，觉得事情并不简单，就问鲍菁菁。哪想平日里对她毫无遮拦的闺密，似乎在跟男友牵手走出城堡漫长曲折的车道时，被他提醒或要求了什么，竟眼神躲闪地不看卓玫瑰，看向窗外，讪讪说："鸣笛不是说了吗？人还在，没有什么杀夫案发生。"

她这样一说，卓玫瑰突然发觉，自己真的就是个第三者了。以后，她在鲍菁菁这里掏不出多少真话了。

回到家后，她反复琢磨夏鸣笛与鲍菁菁的神色，越发觉得迷雾更深了。

她总感觉,夏鸣笛和鲍菁菁进去一遭后,似乎就被蔺春华收买了。

后来,她尝试着约鲍菁菁出来玩,后者也推三阻四的,防备之情非常明显,好像卓玫瑰突然成了危险之物。卓玫瑰也就不再约了。她想,鲍菁菁也没有了。就像她在饭桌上开的玩笑,说自己是夏鸣笛的一根肋骨一样,她没有单独的她了。

二十五　惊魂之夜

不到一周，卓玫瑰午间在食堂吃饭的时候，突然听邻桌嘀嘀咕咕，说银行人都知道有个信贷员跑路了，又说报纸还没报道，因为问题尚未查清。

这个信贷员的名字，叫姬小勇，卓玫瑰想了起来，他就是某大银行专门负责天助这块的。

他一周总要来两次，来了就去楚宝贵办公室，关上门说话，然后静静离开，并不进其他科室，甚至也不进业务相关的财务室。有时在窄道遇到卓玫瑰他们，姬小勇会笑着微微鞠躬，让到一边，示意他们先过，完全没有当时信贷员普遍的趾高气扬。他个子不高，肤色白皙，长了一双不笑似笑的眼睛，让她老觉得他像个重礼节的日本人。谁会反感如此谦卑的甲方呢，她和其他员工对他印象都不错。

就是带着这样一个绝对好人的样子，没想到会勾结支行下属分理处主任,挪用客户千万存款去炒股,还勾结柜员非法集资,引诱储户买理财产品。股市大亏后实在没法还,姬小勇只好跟那分理处主任丢下家小,一起跑路了。

大家都说这人对钱的欲望很大,经他手贷出去的款肯定都有问题。说不知道多少企业接下来会被查出合伙骗贷。

卓玫瑰听了,想到天助两百万贷出三千万的事,越发觉得跟姬小勇脱不了干系。她发现自己再恨楚宝贵,还是不想他去劳改。她想打电话问他有事没,又觉不妥,一时如在油锅中煎熬。

她又想打电话问鲍菁菁,让她通过她父亲的关系,在调查组结论没出来前,提前看看楚宝贵有没有事。

但她发现,自己其实已经不太信任鲍菁菁了,怕跟她一说,反而打草惊蛇。

她放下了电话。

心神不定好几天后,她偶然打开电视,看到楚宝贵还在侃侃而谈,做软广,丝毫没有因为姬小勇跑路受到影响。

天助似乎得到了新的注资,又开始狂打昂贵的电视广告了,还请专家开电视营养讲座,把天助高能棒说得非常神,说"大力水手一吃菠菜就力大无比,咱们天助的原材料娃娃缨的钙含量可是菠菜的三倍"。说完还拿出仪器,从手腕测现场观众的钙密度,说他们都该吃天助高能棒了,等到脱发或骨质疏松时,就来不及了。

那个专家把现实与夸张、原材料与工业产品、补钙与包治百病等若干概念不经意地混淆,现场却没一个人发现其中的逻辑陷阱。

卓玫瑰听不下去了,关掉了电视。

她工作的那家四层楼的商场,也有天助的灯箱与产品了。她没事故意下到一楼食品卖场,询问销售情况。凡被问到的人,皆笑而不语。

有天卓玫瑰经过总经办门口,无意听到日本来的总经理在跟香港来的财务经理说,天助高能棒几次不能通过ABC分析法,恐怕再过两个月就要下架了。ABC分析法是来自海外百货业的一种管理法,他们不追求大而全,每个门类只卖销售排名靠前的一些品牌。显然,天助高能棒并不是交了入场费就安全了,在合资的善木商场现了原形。

"他还是在吹泡泡,还是在狂打广告,做出销售很好的假象。他会不会把股份一点点卖给好几个黄老板后,也学姬小勇跑路呢?"

卓玫瑰再一次问这个问题,就更心慌了。她想来想去,还是最信任曹一山不会故意揭发楚宝贵。

当天他们约在下班后,却没一起吃晚饭,各自解决后,在某宾馆的恒温游泳池碰面。曹一山有点心不在焉地说:

"小尔要学游泳。"

她学她的，我说我的，游泳池边上又不是不能说话。卓玫瑰想完，胡乱吃了碗面条，就奔向了那个高档宾馆。

没想到，室内恒温游泳池的温度那么高，卓玫瑰存了包，脱了风衣进来，还是觉得薄绒高领衫和长裤太厚了，等于是在自蒸桑拿。里面并不像影视剧里那样只有两三人在游泳，却有二三十对青年在嬉戏，简直是大型鸳鸯浴。

看来，也不能如影视剧那样，一个在水里一个在岸边对话了。

她找到站在水里，正扶着小尔的腰教游泳的曹一山，大声说："我先出去，在二楼茶馆等你。"

话音刚落，小尔就扑腾着上了岸，说："玫瑰，别走。你也下来游游。外面服务台，我给你留了一套新泳衣。"

"我，我不会。"卓玫瑰说完，又想离开。

"没事，"小尔已经上了岸，"叫他教你。"

卓玫瑰愣住了，她从没想过要在曹一山面前穿泳装。不可能！

她还没想好怎么应对，小尔已经凑到面前了。背对着水里的曹一山，她的眼神又不是迷迷蒙蒙的了，而是精锐毕现。她开玩笑说："没事，我回避。"

她说完，就走了出去，并不知道这种大方的玩笑，对心思曲里拐弯的女文青来说,不啻是一种居高临下的凌辱。

小尔认为自己在表现大度,卓玫瑰却觉得她是在显摆自己对这个男人的把控。

卓玫瑰看了下水里露出半个身子望着她做决定的曹一山,突然感觉无比厌恶。她又说了句"我在二楼等你",就转身走了出去。

她一边走一边想,早知道曹一山穿泳裤的样子如此瘦弱,她就不该从十八岁苦苦暗恋到今天。

她拐进厕所,关上门,流了一会儿泪,想:也好,曹一山的身材其实让人没什么胃口,反而会莫名觉得有狐臭似的。虽然她并没闻到。

她补了妆,在二楼的茶馆点了壶玫瑰茶,慢慢等了起来。她开始觉得,自己可以很狡猾地跟曹一山夫妇交谈了,再不会像过去那么掏心掏肺。

不想等到晚上十点泳池下班,曹一山夫妇还是没来。十点过一刻了,曹一山才发来短信:"玫瑰,我有点事,跟小尔先走了。你喝茶挂我账上。改天聊。"

卓玫瑰看完,心都凉了,打算不再求助于任何人,自己来复盘这个事。

她晚上辗转反侧,还是没有太多眉目。

比如,夏鸣笛和鲍菁菁好像一下就被蔺春华收买了,再不提赖大明的事。他俩也不缺钱啊,怎么会那么快投降?

再比如,蔺春华如果注册了一个新公司做天助股东,那她和楚宝贵从来就没有结仇过?那晚他俩闹掰了难道是做戏给赖大明看?而她卓玫瑰,不过是他们拉来配戏的演员罢了?

又比如,姬小勇都跑路了,楚宝贵还没事。他是怎样实现两年内从身家两百万到估值一个亿,还能轻松把估值卖给黄老板背后的一群台湾人?

问题太多,但她发现,她的好奇心竟大半来自对蔺春华的恨。原来,她恨蔺春华,恨她。

想完她又脸红了,发现自己确实就是巷女的思维,格局不高。毕竟,她也不是为国家民族去解密的。

当她采用冥想的方式进入卓玉后,也不会因为知道很多未来的大事就去阻拦或举报。比如当时甚嚣尘上的某个鳖精,十几年后会发现里面没有一只鳖。再比如,牛吹得很大的牛奶,其实里面加了三聚氰胺。又比如饲料里添加抗生素的问题,到了二十一世纪三十年代也没彻底解决,等等。其他大事就更多了。也许,在更高视角里,一切只是社会的自然演化,阶段性的无序不需要介入。无序到大家都不满了,自然会大力规范。

在冥想中,她确实看到保健品的低谷马上要出现了,其后断断续续,小起小落,再没有先前的狂热但也并不会绝迹。

出了冥想后,她跟大多数人一样,思想片刻不空,各种念头千军万马碾过,那个门对她便关上了,她只意识到自己是王学先离不开的卓玫瑰。

卓玫瑰控制自己不细想这事了,不料第二天快下班时,曹一山竟直接来四楼,说这天晚上有个大事,江城第一个斜拉桥完工了,晚上八点后市民都可以上去踩踩,图个吉利。"要不,咱们随便垫个肚子,也去踩踩?"他说。

她很惊讶,问他怎么能进四楼来,曹一山就笑,说:"你忘了,我家也有几个产品在善木上柜,我也算相关人员。"

卓玫瑰恍然大悟,一边收拾桌面,一边问:"你不是最不爱凑热闹吗?"

"人一辈子不停变的嘛。"曹一山说,"小说就是街头巷艺。小说家应该接地气,跟纯粹写诗的不一样,越深入生活越好。我不能跟某些同行一样,通过看电影来写海浪吧。最近越来越发现,行万里路跟读万卷书一样重要了。"

"那好。徒步走过十公里斜拉桥,也是绝无仅有的体验。听说一旦通车,就不许步行了。"卓玫瑰兴趣也来了。

他俩到了楼下,卓玫瑰才发现此行并没有小尔。她问曹一山,曹一山说小尔回公司的北京亚太总部述职去了。卓玫瑰心里一喜,也不多想,就带着曹一山去了旁边的竹木棚子,烤了几串羊肉串和臭干子垫肚子,才坐上了曹一山为陪妻子常回老家新买的车里。

早知道他结婚后比结婚前更放松,应该祈祷他早点结婚。卓玫瑰一边吃烤串,一边偷偷看了眼突然回到初登讲台那种亲民状态的曹一山。

斜拉桥在十几公里外,报纸上说八点可以开始上桥。不堵车的话,他们赶到那儿差不多正是开始后不久。

下班高峰期,车有点多,曹一山开得有点慢,一边开一边跟副驾驶座的卓玫瑰说话。

"我能猜到你昨天找我做什么。我也爱写悬疑小说,也在拼凑信息,也想知道楚宝贵究竟在干吗。昨天确实有事,小尔临时得到通知,今天上午顶替另一位同事赴京,她要赶回去准备材料呢。"

七说八说的,卓玫瑰心软了,再不对曹一山有顾忌。她透过前窗看着暮色中的江城,又一次想,没有这样的良师益友,这里对我来说,再无吸引力。

事情头绪很多,卓玫瑰越想说得全面,越节外生枝,不免有了点语无伦次感。她还没说清子丑寅卯,曹一山就打断了她,说:"玫瑰,你是担心天助与姬小勇的事也有干系吧?毕竟是你亲手创建起来的公司。"

卓玫瑰一听,愣了下,此前她还以为她仅仅是担心楚宝贵呢。

因为没有股份，排位又不断下滑，她早就忘记自己是天助公司的两大创建人之一了。

车停下了，前面是红绿灯以及一长串车，感觉要等两个红绿灯才能过。

曹一山转过头，在半明半暗中看着她："天助也是你的孩子，可以理解。那我就跟你说说我知道的一点信息，以及一点疑惑吧。"

前面车缓缓动了起来，曹一山却不管不顾说了起来。他虽然没参与曹氏集团的经营，但他母亲在家里地位很高，犹如太阳。母亲的威望把三兄弟像封建社会一样拢到了一起居住，所以他家是个两千平方米的大豪宅，一共有四层，管家与保安、保洁、厨娘共八位家政人员居住在楼后偏房。母亲和三个儿子各居一层。吃饭时，大家可以到母亲的一楼大餐厅聚餐，也可以在自己楼层的小厨房开伙。曹一山每周回家，哥哥们都稀罕他，纷纷下楼来聚餐。年复一年地，他虽不再关心经营，却也早就懂了一些。他说自己从天助厂房占地面积，就能算出投资与产量。他认为楚宝贵整个天助公司的投资，并没超过原始资产多少。他说撑死了三百万元投硬件，哪有对外吹嘘的三千万元生产线。倒是1997年春节开始打广告，以及在二十个省设立办事处，到处交入场费，又多花了小几百万元。占大头数量的工人和营销人员工资低到可怜,最多再加一百万元。毛毛一算,天助开业大半年顶多开销一千万元,接近两千万元的贷款被假账掩盖了。

"不会是姬小勇跟他一起骗贷,私分了吧?"卓玫瑰插了句嘴。

"这正是我下面要说的关键。你先等等。"

曹一山开始专心开车,过了红绿灯,又抢着快速道走了一段,然后拐进一条支路,渐渐慢下来才接着说:"听我哥哥们讲,姬小勇一跑,上头就组织了专案组,查他经手的贷款,有没有与企业合伙骗贷。最诧异的是,内部消息说在姬小勇手上贷款最多的天助并没有骗贷行为,手续都合法。据说三千万元的贷款是分成多次贷的,大部分靠辉煌集团用重型汽车和房产来做抵押担保。"

卓玫瑰吓得叫出了声,那一瞬间她突然想起了秦花的话。她想赖大明那么精明的人,绝不可能去帮天助做担保,除非有人在滥用授权,或设计某种复杂的股权圈套控制了辉煌,欺骗赖大明。

她看了看已经亮起来的各种灯光,突然说自己还有很重要的情况要汇报。

曹一山愣了下,笑道:"我们又不是在打仗,干吗用上'汇报'这种词了?"

卓玫瑰还没开口，曹一山就把车拐进了一个机关大院，说只能在这里停车。他们将徒步三百多米，然后下江滩，从引桥侧面的一个梯子上去，直接杀进斜拉桥的正桥部位。

原来他不是兴之所至，早踩好点了。

灯光随着夜色的深入，次第亮了起来，街上的人从四面八方拥过来，都是朝着一个方向走，闹哄哄的，他俩也不便说话了。这太像小时候的春节去江边广场看舞狮、看踩高跷的情形了。

小时候她很喜欢凑这个热闹，每次都跟楚宝贵与蔺春华一起来。她记得蔺春华还会把家里的糖果带来，塞她手里，甚至把自己心爱的小兔子灯笼也给她。她很敢要，从不拒绝。若蔺春华向她要什么，她也同样会给的呀，但蔺春华似乎从没向她要过什么。

楚宝贵家总是人烟落寞，好几次一个人过春节，家里也不囤过节的东西，但他一年到头，爱亲自动手给卓玫瑰做东西。她最喜欢他用麦秆帮她编的蝈蝈笼子，还有用翠绿的蚕豆做身子、鲜红色的蛇泡做眼睛、墨绿色的蕨草做尾巴的金鱼，插在牙签上，举着到处炫耀。

童年少年的日子转瞬即过，让她感觉会永远亲近的两个人却离得更远了。

难道，要怪这个让小巷青年也能一拨拨发财的时代？卓玫瑰眼睛一红,跟上了前面的曹一山。

不想,知道从侧梯插进正桥的人真多。实际上,从大桥一里内开始就满街满巷往一个方向走了,站在高处回望,有点密集恐惧。卓玫瑰想打退堂鼓,但曹一山再次说,做个好作家,就要尽量多体验生活的细节。

她最想跟曹一山去一个清雅无人的茶馆,喝着茶谈事,不喜欢在外面动起来。这爱好,像极了中年人。

转眼经过了江滩沙地,终于上了引桥侧面的梯子。曹一山怕她走散,伸出手来紧紧握着她。她第一次跟曹一山手拉手,竟然心跳怦怦的。但是这个夜晚,后来的新闻报道说有十万人看新桥。他们在十万人挤人中,却感觉比在沙漠里更有隐私感,更能放开自我,完全忘记了小尔的存在。

有一瞬间,江风吹来,卓玫瑰思维一放空,卓玉冷不丁从她皮囊里冒出来几秒,想:曹一山会不会是我亲生父亲呢?她吓得手一颤,甩掉了曹一山。

曹一山又从密密匝匝的人丛中伸过手来,抓住了卓玫瑰的手,还大声说了句什么。桥上和桥下十万人大多没闭嘴,都在跟结伴而来的人说话,卓玫瑰哪里听得清曹一山什么。她猜他在说,抓紧他,别走丢了。但她想,他们不是有手机吗?走到江对岸,总是可以打电话互相找到的。他为什么脸上有种很深的焦虑,像她看过的电影《滚滚红尘》里男女主在逃离大陆的人群中走散时一样。

上了桥面,人比乡镇赶集的还挤。比赶集好的是大家都没带箩筐与背篓,不怕钩着挂着,让人有了不怕贴近人的胆量。有一瞬间他俩的手被旁边人冲开了,她走在了曹一山前面,不想他竟被后来人挤过来,严丝合缝贴住了她的后背。有两分钟,她的背部和臀部能清晰感觉到他的体温,以及身上的各个部位。她脸红了,心跳怦怦,直到走过最拥挤的一段,进入相对稀疏处,他俩才保持了距离。卓玫瑰想到刚才的亲密接触,有点不好意思,不敢看曹一山。

来的路上,她幻想还跟他玩柏拉图式的第四类情感,徒步吹夜风,看江上映着的两岸灯光,看天上的月亮与星星,看偶尔从脚下穿过去的轮船,该多么浪漫。没想到现实是,除了看人头就只能看人头,除了闻人味,还是闻人味。

过了会儿,曹一山没事人一样走上来,重新跟她肩并肩,说:"算了,我们掉头,往回走。真要走十公里到对岸,简直是受刑。"

卓玫瑰看了下,右边确实有些人在往来的方向的桥头走,就点点头,跟着曹一山转向,挤进那些人中。

这个时候,桥突然晃了起来。

开始的时候,大家还以为是错觉,直到桥越晃越厉害,晃到所有人都感觉到了,不少女性尖叫了起来。有些人停了下来,试图让桥不晃,可有部分人尤其是半大的男孩子,却高兴得使劲跳,巴不得晃厉害一点,更好玩。

卓玫瑰突然感到特别害怕,怕桥垮掉后,与十万人一起掉进江里。对于游泳,她一直学不太会,虽然长在江边。暑假时楚宝贵和蔺春华去游泳,她总不去。酷爱找人免费算八字的王学先很高兴,说女儿五行忌水,离远点好。

她读师院时还比较文青脑,曾多次想过,与曹一山一起死在某个地方,就是今生的完美,但当这事真的临头了,她又发自心底感到恐惧。

蝼蚁尚且惜命,何况她也不是多年前那个为赋新诗强说愁的少女了。

桥还在晃,尖叫与大笑的人都在身边,卓玫瑰想也没想,一下扑进了曹一山怀里。男人紧紧抱住了她,在她耳边说:"别怕,这是正常的,不会垮掉。除非大家齐步走,才会垮掉。那就是传说中的共振。"

卓玫瑰听了,不好意思地从他怀里拔出来,问:"真的?"

曹一山就说:"部队过桥时要求便步走,就是怕桥产生共振。今晚的人,各走各的,不会有共振。我猜,应该是斜拉桥自有的弹性吧。"

"钢筋水泥的主体。上面的拉绳有弹性,下面也该是固定的啊。"事关生命,卓玫瑰还在质疑。

曹一山就说:"我也不太懂。但自主做第一座斜拉桥是江城很重要的事,事关国际声誉,想来专家组里国内外参与过斜拉桥建设的高级人才多的是,提倡市民上桥参观前,他们不是没有知识与经验的储备。我记得三十多年前,德国就有斜拉桥了。想来这几十年,哪座桥不是建好就有大量人上去踩新的?"

卓玫瑰被逻辑折服了,松了口气,说:"你懂的真多。"

"写小说的必须是杂家。小说需要足够的生僻知识。"曹一山再次向自己的学生强调。

"看来,我不能光看小说了,得看杂书。"卓玫瑰说,并且回忆了一下刚才他紧紧抱住她的感觉,发现他冒汗后真的有点淡淡的狐臭,不过不让人恶心,倒有点性感。

她一面故意看向前方,掩饰羞涩,一面在想:我还是想不明白,他都结婚了,为何突然跟我更亲近了?

好不容易地,他俩终于走出了已经深入的一两公里,回到了陆地。

曹一山感叹说:"以后总有哪篇小说会用到今晚的经历。"

卓玫瑰就想:最微妙的那些感觉,他会不会写呢?比如牵手,比如前胸贴后背,比如紧急拥抱。她觉得自己是不敢写出来的。

他们取车后，突然发现折腾了大几小时，又一惊一吓的，真的饿了，便一致决定去鬼食街吃最有名的老钟鸭子煲。上次要来鬼食街吃小龙虾，还是跟单身的鲍菁菁。如今只有卓玫瑰单着了。

还没等辣辣的鸭子煲火锅端上来，曹一山却环视左右、压低声音继续傍晚的话题了。也许四五个小时的共同历险，彼此心理距离更近了，他显得更加直捣黄龙。他说他二哥跟赖大明关系不错，最近去见了他，看到他很瘦，牙齿也掉了好几颗，见了几分钟就说不舒服，要去睡觉了。

"真的病了？"卓玫瑰问。

曹一山就说："二哥有个发小是戒毒所所长，他俩经常在一起吃饭、聊天。多年下来，二哥已经是半个毒品专家了。他说吸冰毒量大的，一两年能变成这样。"

"冰毒？"卓玫瑰似乎在回忆深处哪里听过。

曹一山说："对，不是过去的海洛因了。最近这些年，有了一种靠化学提炼的冰毒传进来，比海洛因更厉害。"

"就算他吸毒了，也没必要躲起来，还去国外休养啊。"

"他去国外了？"

"据说是。"卓玫瑰也不愿说出消息来源。

曹一山就沉默了，好像在推理着什么。半晌后，他叫服务员上了几瓶可乐，说自己要开车，就不喝酒了。

曹一山自斟自饮了好几杯，吃了一些花生米和萝卜丁，才开始对着刚刚煮沸的鸭子煲一边下筷，一边推理。

他吃完一个鸭腿后，似乎不饿了，开始大段说起来："我们可不可以这样来拼合这个故事。这里都是火车厢座，不隔音，咱们就不提全名哈。假设，蔺在两年多前看到赖的妻子死去了，便跟楚商量，要钓这个金龟婿，并以你为道具，来演这场戏。"

"道具。"卓玫瑰重复了一下，似乎并不感觉惊讶。

但她又一闪念，想，难道从白副总举报开始，他们就在合伙把她往第一个笼子——天助公司里面赶？从头到尾，处处都需要她这样的人来串联一个又一个笼子？

曹一山好像侦探片里最后解谜的侦探一样，自信地看着卓玫瑰眼睛说："蔺靠收款与拉工程的能力，甚至可能搞管理也不错，塑造出女强人形象。又靠你和楚把自己塑造成被欺负者和被辜负的弱女子形象，或者还有些什么事情……嗯，你好像说她还救过赖的命，又能笼络赖的儿子，甚至还有些别的魅力……"

说到这里曹一山停了下来，想说二哥说冰毒会让人性欲亢奋，但他终究在喜欢自己的女学生面前说不出口，便略过这点，继续说："总之，她应该在勾引男人方面比较有计谋有手腕，迅速打动了赖大明。然后，也许在江城，或在外地……不管在哪里,赖大明被人拉下了水。"

卓玫瑰摇摇头说:"符合逻辑吗?那么强悍的赖大明,竟败在小小冰毒上?"

曹一山就说:"我也不太了解这种新型毒品。只是网上的资料说,吸了冰毒,一旦毒瘾发作,连亲生骨肉都不会认了,人间的一切都可以舍弃。可以说,根本就不是人了。对了,二哥还说过一个段子,说是江城有个戒毒女警,在教育吸毒人员时,鄙视他们没有自控力,便以身试毒,再戒毒给他们看……当然,也可能是个瞎编的段子。"

"女警戒掉了吗?"卓玫瑰提醒他忘记说结果了。

"据我二哥说,此刻还在戒毒所里。"曹一山说完,顾自笑了起来,继续吃鸭肉,又要了点豆腐青菜,往火锅里烫。

卓玫瑰机械咀嚼着,陷入了沉思,开始复盘赖大明和蔺春华结婚的时间、孩子去贵族学校以及去北京读书的时间,还有任命蔺春华做总经理,并一步步授权,自己逐渐不来公司的时间……似乎都能吻合曹一山虚构的这个故事。

"不过,就算他确实吸毒了,也没必要躲起来呀,更没必要去国外。"卓玫瑰又质疑。

"据我二哥说,吸冰毒后有很多变化,眼神无光、消瘦等,真要正常工作,经常出差,或者开会,遇到一个懂行的,甚至遇到缉毒警察,马上就会被发现。到时,不仅辉煌集团的形象与业务受影响,情节严重的话,他还有可能坐牢。"

"这么说来,是秦花逼得他出走的。"

"对,这个不省心的小姨子,到处闹嚷嚷。不闹大家不觉得,一闹让他反而快要现原形了,不得不躲出去。估计是躲缅甸、墨西哥那种管理宽松的国家去了。"

卓玫瑰想到夏鸣笛和鲍菁菁从赖家出来后,就开始闪烁其词,甚至有点躲着她了,想来经常出国、见多识广的夏鸣笛心里也有数了,想保护这个大哥,因此带着鲍菁菁一起戒备她这个闺密。

她猛然打了个寒战,再次确认了自己在鲍菁菁那里的真实地位。

再一开口,她掩护着内心的流血,还是故作平静、就事论事的样子:"蔺嫁给他,又不能继承一点遗产,难道就是为了私下偷偷给楚做担保?"

"我也不太懂贷款中可以怎样玩手段,只能想象。"曹一山说,"不过,没有一千万元来把公司吹成江城明星企业,就不能勾结詹会长、黄老板以及其他各种给他背书的同伙,为港台小商人们设这种股权收购的骗局。蔺的婚姻作用不是很大吗?"

"太可怕了。若真如此,黄老板他们也许很早就开始谋划了,知道有群信赖他的中小台商想直接进入大陆潜力企业。若先从需求开始设局的话,赖的毒瘾也很可能是他们合伙策划的。"

"这事永远都查不出来。二哥说那东西一次就能上瘾。赖在外地被人做笼子的机会很多,蔺还有完美的不在场证明。"

"我还是不敢相信,仅仅为了钱,他们会干这种事。"卓玫瑰失神了。

曹一山就说:"你果然对数字不敏感啊。如果贷款后贪污了一两千万元,再卖给黄老板两千万元,或者还有你不知道的其他港台商人也在买股份,那么,楚的团伙两年下来的利润,就是大几千万元。马克思说过,利润达到百分之三百,就可以让人杀人,你看看这是多少?"

卓玫瑰一个激灵,脱口而出道:"他们怎么还不跑路?"

曹一山也愣住了,半晌才说:"是呀,也许我的推理是错误的,也可能他们还有些钱没到手吧,或者,大笔资金通过地下钱庄转到国外需要时间。"

"那,我们应该去举报吗?"卓玫瑰孩子气地问了一句。

曹一山放下可乐,诧异地说:"为什么要去举报?不仅没证据,也不关我们的事。"

"那我们今天说这么多,是为了什么呢?"卓玫瑰杵他。

学生身上还有学生气,曹一山似乎有点意外,便弯回去说:"当然,我们是在写小说。生命攸关,出了这个门,今天的话,我连母亲和妻子都不说。"

他看卓玫瑰拉脸了,就伸出手,想抚摸她安慰她,被她一惊,躲过了。他婚前在她面前是绝不会主动接触皮肤的。有几次她讨论作业的时候故意靠近,都被他敏感而不经意地闪开了。

曹一山似乎不在意,继续在那边叮嘱卓玫瑰,给她拧紧螺丝。

"大干快上的今天,遍地都是灰色收入。我知道的事太多了,想管,也管不过来啊。我最近一直想,作家的道德,应该是宇宙的道德,而不是人间的道德。对于人间,作家只需要做零度叙述的观察者。即便面对一个十恶不赦的人,作家也要理解他的心灵。这就是文学上说的悲悯。"

他说完竟笑了,露出一颗尖尖的虎牙。卓玫瑰第一次发现,这个干瘦的男人也有点普通呢。她怎么会爱他那么久?好奇怪。

当天她回到家,看到越发浮肿与衰弱的王学先,想:给我一万个胆子,也不敢去举报呀。就算自己不想活了,王学先还要活。

但不知道为什么,曹一山不去举报,她心里就过不去。

258

二十六　原来他才是亲生父亲

越是商场,国庆节越是不放假,善木一二三楼卖场挤满了消费者,日均销售额高达一百万元。

为了鼓舞一线员工的士气,帮不了啥忙的四楼文职人员也不许放假。

闲得没事的卓玫瑰在那几天下楼看了下热闹,竟发现,被ABC算法弄到快要撤柜的天助活动力度却最大,犹如垂死挣扎。一楼到处可见它的传单、灯箱、小彩旗等视觉宣传。她从员工通道的后门到大门外小广场看稀奇,更是发现天助公司占据了主要位置,正在彩旗飘飘、锣鼓喧天地抽奖。她怕遇到前下属,赶紧闪躲到一堵墙后,默默观察。她发现跟过去搞促销一样,中奖率非常高,有一半左右。得奖者欢天喜地拿着一盒天助高能棒离去。

她知道,那是各省市场濒临过期的产品收回车间,经辐射杀菌后换纸盒重新进入市场的。

当天,她故意熬到很晚才下班,以便不与天助的人在广场或公汽站不小心照面。她从四楼楼道的密封走道俯瞰,天助的抽奖活动干到晚上八点才没人排队了。等他们收拾好临时搭建的帐篷与舞台,正好跟商场九点下班时间重合。

卓玫瑰又等了大半个小时才下楼,转了几个小巴士,接近十二点才回到家里,不想一进门,又发现王学先晕倒在了堂屋里。

母亲的病是越来越严重了,卓玫瑰再在病房里陪护时,感觉天都是灰的。一要担忧病情的恶化,二要担忧大几千元的住院费。这次有点小运气,三人病房的另外两床竟然空着。她看了看还在睡熟的母亲,那么好强的妇女,竟睡得像个婴儿似的。母亲的一只胳膊打着点滴,多次透析让她的手臂上全是瘘管,惨不忍睹。10月的天气已经凉下来,她怕她胳膊冷,走过去用被子边搭上,想着多盖几寸是几寸。

母亲竟然醒了,看着女儿说:“玫瑰,我刚才梦见自己死了。”

卓玫瑰吃了一惊,她体内的卓玉冷不丁冒出来,告诉她王学先的死期正是女儿的出生日,也就是明年的7月2日,死于并发的脑梗而不是尿毒症。

看破红尘一瞬的她心里猛发酸,忍住泪水说:“梦都是反的。好好做透析十几年没事的都有，如果这中间能换肾，就等于是重生了。"

"我们这个家庭，哪能扛那么大的事。"王学先淡淡说。

"你别瞧不起你女儿，你也别瞧不起医学的发展……"

"不说这个了。"王学先打断了卓玫瑰，说，"你爸爸死后，我根本就不怕死了。我只是后悔，没有多关心你。过去我骂你打你太多了。其实我也不想，我……我就是……就是心里烦，发泄一下……我好像管不住自己的脾气……"

"别说这个了。"卓玫瑰也打断了王学先，"太见外了。当妈的就该打骂女儿。"

话音未落，楚宝贵竟带着小焦，提着鸡汤，敲门而进，好像是当初他来医院看王学先的情景的重演，只不过穿的衣服不同。

后续的寒暄也一样，楚宝贵各种问候与安慰干妈，最后把卓玫瑰叫出去，单独谈话。王学先看到他，就像看到女儿的靠山与保障，眼睛里全是感动与安慰。

这次楚宝贵没把卓玫瑰叫到花园里慢慢聊，而是在楼道找了个僻静的拐角，很简单问了她几句，问她还回不回天助，说这几个月的工资，都打到她工资卡上了，算她休了个长假。还说小焦已把干妈这次的费用也结了。

卓玫瑰吃了一惊，没马上回答。

其实她在善木商场也被一帮人排挤，有个副总莫名看不惯她。再加其待遇确实付不起母亲的透析费，又不能一下子找到长期家教补贴。尤其语文的家教，不太能看出涨分，一般人家也就不愿意搞。突然之间母亲又住院，增加一笔额外大开销，她正在琢磨是不是开口向鲍菁菁借钱，不想楚宝贵再一次做了她的"及时雨"。

想到楚宝贵可能在背后跟黄老板谈起她时，用的称呼是"那个处女"，她又被深深伤害到了。于是她就低下头，说："我考虑考虑，等母亲出院再回复你。这几天没心思想其他事。"

楚宝贵就说："玫瑰，你我并不只是上下级的关系，我们还是青梅竹马的小伙伴，你不要忘记了。你回不回天助，我不勉强你。不回，我们的关系也一样。今天是我生日，晚上有几个你熟悉的下属给我庆生，我请求你以发小的名义参加。"

卓玫瑰一惊，这才想起对方生日似乎是在自己生日后不久，哪一天她并不记得，因为他从不庆生。

楚宝贵似乎看透了她的心思，就说："你晓得的，我心里只有重要人物的生日，是几个下属非要帮我过。包括小焦。唉，心意难却。我想清楚了，人生太短，要珍惜缘分，就像《萍聚》唱的那样，'不管以后将如何结束，至少我们曾经相聚过'。"

最后两句算是死死命中一个女文青的穴位了，卓玫瑰立马惭愧起来。

她明白楚宝贵是在打情感牌，生日宴上肯定会联合旧下属劝她回去。她明白天助没有未来，可她在善木好像也没有，那些毕业于名牌大学的白领都有点瞧不起她这个末流学校的，对她的排挤与陷害已经很露骨了。也可能不是文凭的问题，而是她还没适应做一个普通员工，不仅在等级过严的日式管理企业学会点头哈腰，还在上级要求端茶送水时说对方侵犯了女权。她也没适应每天挤四个小时沙丁鱼罐头一样密不透风的公共汽车——去善木后，生活与工作处处都很难。

不管是什么问题，好赖在天助干一年差不多等于善木两年。这个家不能看远期，只能顾眼前，她就说："好的，我去给你庆生。"

楚宝贵立马笑了，说："别带礼物，咱自己人不兴那些。我叫小焦下午四点半来医院西门接你，不见不散。"

"不见不散。"卓玫瑰看着他俩离去的背影，喊了声。

她心里计算着时间，想等他们走远后，出医院，过马路，到对面银行的ATM机上，看自己卡上的钱是不是增加了一笔。

当天晚上的生日宴，竟不是在市区，而是安排在郊外。卓玫瑰这次面子很大，小焦的大奔只载了她一个人往郊外飞奔,楚宝贵和其他人则坐了其他车去。

她在路上有点小亢奋,看着窗外一掠而过的城郊接合部的美丽风景,想:今晚看我能不能被大家的诚意劝回天助,去继续做高管。人是多么渺小,活下来都要费尽全力,就不要鼻子阻(四川方言)得去当英雄了。对于老板们干的事,我小心点,不参与就行了。

六点过到达玫瑰山庄时,还有点残留的晚霞挂在空中。卓玫瑰一下车,看到这个种满玫瑰的庄园式高端酒店,心情一下开阔起来。

小焦告诉了她楼层与地点,自己则往停车场开去。她刚要转身进大门的一瞬间,一股晚风吹来,她打了个寒噤,体内的本我卓玉又冒了出来。

卓玉突然发现,1998年7月2日出生的她,没问过母亲,自己是否足月,于是这10月、11月,不都是她有可能成为受精卵的时候吗?

太可怕了,今天也有可能!

难道母亲会在玫瑰山庄邂逅一个心仪的男人,然后一夜情?她突然感到了恐慌。还是那个天大的难题——

作为女儿,她不能窥探父母的床帷隐秘,哪怕只是一个梦。而作为自己,也不能阻止自己来到这个世界啊。万一真是时间旅行,一旦阻止,以后就没自己了。

真是进退两难!

带着忐忑的心情,卓玫瑰进了玫瑰山庄的金玫瑰餐厅,又进了名叫玫瑰小镇的包间。楚宝贵选的所有地方的名字,似乎都在讨好她。

为了召回一个得力的下属,他重新启用了少年时对她惯用的情感细节围剿。卓玫瑰并不反感,倒有点感动。

进到玫瑰小镇包间,她发现这里半明半暗的,也许是为了过生日故意搞的酒吧氛围。墙上有个精致的横幅,烫金字写着"祝董事长永远十八",估计是这天来的三个办公室小姑娘搞的。

她进来入座时,大家也没过于惊讶,好像她昨天还在天助上班。大家只是礼貌地称呼她"卓总",并把楚宝贵旁边的位置让给她。席上也没谈公司的事,也没谈她来去的事,大家好像约定好了,在谈回归不久的香港。

去过香港的楚宝贵、小焦和办公室副主任算是主讲,他们谈到香港暴雨前的闷热、港剧中出现的一切地方。谈得最多的是香港的饮食,因为他们当天点了不少粤菜。楚宝贵反常地多话,详细介绍了霸王花煲老火靓汤的全过程。这不太像发财以后故意少话的他了。

一大半人第一次听说霸王花是食材,之前大家只是看过电影《霸王花》,楚宝贵就承诺,下次去广东出差,要给办公

265

室的小姑娘们带几包回来,还叮嘱小焦帮他记在备忘录上。

姑娘们惊呼起来,早已有男友的她们,都含情脉脉地看着楚宝贵。

这时卓玫瑰才发现,天助与善木一样,处处流行第四类情感,异性下属都试图通过淡淡的暧昧得到工作上的绿灯。她之前没注意过姑娘们跟楚宝贵的同框画面,还真不知道他在她们眼里魅力那么大。

大家一边说着粤菜好,一边还是觉得粤菜过于清淡了,小焦就去添加了一个他之前在这里吃过的川菜,叫观音上上签。

那是做成抽签竹筒的迷你串串香,精致无比,异香扑鼻,吃起来更是有一种说不出的好吃。

"我要把舌头吞下去了。""我也是。"

姑娘们叽叽喳喳笑着。小焦又叫服务员补了第二筒。

姑娘们还想吃第三筒的时候,楚宝贵制止了,把进来的服务员赶了出去。他说自己今天特高兴特放松,终于吃了一顿与工作无关的饭。然后,一直在肆意自斟自饮茅台,看上去有点微醺的楚宝贵,夸张地把指头竖在嘴唇上"嘘嘘",要大家安静下来,说将告诉姑娘们一个秘密。

大家兴趣盎然地竖起了耳朵,楚宝贵却说:"不要说我舍不得你们加第三筒,是因为,我知道它好吃的秘密。"

说完他顿了一下，继续喝酒，办公室的女孩们就撒着娇，要他赶紧讲。他就说："有关法规还没正式禁止这种东西，所以西南很多地方还用在江湖菜里。用少点也没事，可以治疗头痛，用多了就不好了，所以一次别吃太多。"

三个文员还是不知道他在说什么，平日里对自己外表最自矜的那个正好坐他另一边，干脆就借着酒劲摇晃他的胳膊说："董事长你不要吊胃口嘛，快说快说。"

"我说的就是罂粟壳啊。"楚宝贵说，"早前绝迹了，1985年之后，不少四川做麻辣烫摊子的在用，有些厨师就学到了，磨了粉带来外省，偷偷加在盐中，聘请他们的老板也睁只眼闭只眼。"

玫瑰山庄名字洋气，其实也是一个像赖大明那样的地头蛇搞的，干这种事也不稀奇了。姑娘们就赶紧说，不要第三筒了。

当天的话题都是奇闻逸事，姑娘们便顺势子又贡献了好几个故事，比如幸福区天天排队抢的边角卤牛骨头、老钟鸭子煲什么的，都是异香扑鼻，吃了还想吃，过一段时间不吃就有点馋。现在想来，都有点可疑了。

楚宝贵似乎一个人喝完了一瓶茅台，又在开第二瓶。

他的眼神似乎也有点迷茫了，好像有心事的样子，话更多了起来，说自己有个好友在缅甸做建筑商，他去玩过，说那边已经不太种罂粟,不搞海洛因什么的了,早有了一种新的毒品,叫冰毒,不用种植,在家就能调出来。他还告诫姑娘们,别在酒吧随便喝陌生人的饮料,说一旦染上就完了,没人能戒掉。

姑娘们惊呼起来,都被冰毒吓着了,卓玫瑰手里的水晶小酒杯也一颤。

她也被楚宝贵劝着喝了好几杯茅台,算起来应该有二三两的样子,平日里没问题,但因在医院几天没睡好,此刻竟有点恶心。

她假装去上洗手间,打算对着马桶用手指抠喉咙,把胃里的东西吐掉。

不想这个建筑很大,修得跟迷宫似的,完事后的她从厕所里出来走错了方向,摸索了好几分钟。

在这好几分钟鬼打墙一样的遭遇中,她并不慌乱,知道自己迟早会遇到一名玫瑰山庄的员工或顾客,带着她走出一模一样的明亮的欧式环形通道。她甚至放慢了脚步,正好借这几分钟呕吐后的清醒,想:楚宝贵那么了解普通人还没怎么听过的冰毒,难道真的是曹一山假设的"连环商业陷阱"的主谋?

她一直对他抱着妄念,就是他坏不到哪里去,没想到,坏透了。

她再次感到了恶心，似乎酒还没有吐干净，又想找个厕所解决一下。她抬头看环形的通道，似乎没有尽头，就赶紧走，赶紧走，越走越鬼打墙。她感觉自己快吐了，心里一急，竟晕倒在了一个无人的地方。

她又回到了那个梦里，又意识到了自己不是卓玫瑰，而是卓玉。又开始看到一片黑色胶泥状沼泽，无边无际。又在里面扯脚跋涉，步步维艰。又是天空惨白，没有太阳，周围不见一点活物，连风都没有。

她又听见了母亲卓玫瑰的声音，在天边低低念着《地藏经》，哄她入睡。

"妈妈！"她用尽力气喊，却没有一点声音，依然是白日梦那种感觉。

她大哭大闹，以头抢地，拼命想要挣脱梦魇……突然，她又听见有人在天边打起了电话。她停了下来，凝神辨别那依稀的声音，好像是黄老板。

她听黄老板在跟某人说："等一下等一下，我马上就来签合同。"他还嘀嘀咕咕抱怨说："老处女昨晚睡得跟死猪一样，一点意思都没有。"

原来，黄老板才是她父亲。而她母亲，则是连环商业诡计中从头到尾的工具人。也许，从那个短貂之夜就开始了。

她大哭起来。

二十七 令人意外的恐袭主题

卓玉哭醒时，发现竟然在家中的床上，自己并没被SKT绑在手术台上动大脑。她松了口气。

这是一栋临江两层别墅，没什么装修风格，随意地混搭着，并见缝插针种满各色自然鲜花。在满街基因植物的2057年的江城，可谓奢侈。大部分市民都已经不需要工作了，吃着机器人干活带来的福利，还在拼命促进地球文明的少数精英得到了更高生活标准——讽刺的是，就是能享受几十年前那种自然之物。

卓玉此刻躺在别墅上面一层，就是可以打开天花板，整体升高起来，与比尔一起看星空的那个地方。

头还有点晕乎乎，她回忆了一下。在玫瑰山庄那个硕大的环形通道上晕倒后，似乎有几个人走来，把她送进了客房。梦魇中她发现，母亲身边可能睡过黄老板。

原来,在那个故事中,母亲一直被发小们利用与出卖,太恐怖了。

幸好自己醉酒了,完全不知道父母交媾的过程,保住了一点人伦。

她马上叫出智能屋小精灵,一只名叫小花的卡通蓝猫,要它搜索二十世纪九十年代的江城,有没有楚宝贵、蔺春华、赖大明等名字。

小精灵一秒完成,回答说:"没有。估计重整后的云链删除了这些信息。""那你进入暗网查查被删掉的信息。"卓玉吩咐完,马上利用颞叶点对点加密通信,联系在脑科学院上班的比尔。奇怪的是,联系不上。

她马上问小花:"比尔在家吗?"

全息形象的小花站在地板上,很无辜地两手一摊,问:"比尔是谁?小花保卫的家,从来没来过名叫比尔的人啊。"

"你是说,我一直独居在这里?"卓玉脑袋一炸。

"难道不是吗,主人?"小花眨着迷惑的眼睛。

卓玉赶紧让它消失,想:我的智能屋都被袭击了,删改了小花的记忆,那以这个智能屋为舱,对我进行全方位脑部催眠,让我与母亲卓玫瑰留在全网的明面上已被删除的记忆接驳,共同缝补完成二十世纪九十年代的一段岁月,是完全可能的。

这是一种既真实又提炼加工过的记忆，也不能说那些往事存在过，或没存在过。若只是剧本，一切只是为了让她沉浸式演出，找到他们需要的藏在九十年代的秘密。2057年最高端的脑科学家，完全有可能做到——难道是比尔？

她马上通过部里的家属紧急通道联系比尔，依然联系不上。联系脑科学院他的助手则说他在实验室闭关攻关课题，不能联系。

到此为止，卓玉大概率确定，比尔并不在封闭的实验室，而是金蝉脱壳，潜逃了。就是他，利用卓玉的一整个屋子以及能搜集到的卓玫瑰的所有信息，弄了一场世界顶级的催眠，让她在母亲九十年代的岁月里，背出了密码母本。

她想起来了，她只跟比尔说过。

很久以前，久到五六年前，有天在家喝了比尔带回的一瓶非纳米酩悦粉红香槟，两人亲密时，比尔在床上说，担心她的专用电梯使用Q材料会被恐袭。如今想来也许被下了吐真剂的卓玉，在半梦呓中叫男友放心，说最终密码母本只在自己脑海里，另一个知道的人已在天堂。而且她说，电梯还有其他安全措施，就算被分解了，自己也会没事。比尔说自己不懂材料学，但想来想去可编程材料还是不安全，叫她别用。她就说自己发明Q材料这么辛苦，却被政府暂时禁止普及，不甘心，自己得用用，才对得起自己。

她记得那晚非常尽兴，是他们多年来最尽兴的几次之一，好像吃了春药似的，所以她印象深刻。

她再次穷尽各种办法找比尔，依然联系不上。

她更确定了，只有比尔，唯有比尔，有能力有机会，让她做这个黄粱一梦。

即便不知道原理何在，她想，要打捞卓玫瑰以及其周围人的信息，恐怕要花好多年的时间。她从一开始就是他的目标。

她并不恐慌，因为她想起来了，火凤凰还没研制成功，预估在五六年后。而她的电梯也没解体，她更没受伤，没从一百多米掉下来，依然活得好好的。

从一开始，从见到水晶球那一刻，就是一场梦！

那么，比尔以及他背后的组织，费这么大力，搞一出窃取《玫瑰或金》全文的大催眠，有什么用呢？它只是Q材料的密码母本，与窃取太阳之火改变人类文明的火凤凰材料，根本没关系。

卓玉下床来，向智能屋讨要了一杯能量饮料，正喝着，小花开始联系她。

那个每秒能进行万亿次计算的小精灵得到允许后，又以全息形象跳出来，站在主人面前报告说："楚宝贵和蔺春华是1998年6月卷款外逃的商人，涉及诈骗金额高达四千万元,至今未能抓捕归案。"

卓玉突然想到,1998年11月9日,江城的股票上柜交易因亚洲金融危机被撤销了,这两人真是及时抽身,时间掐得太准。小花还想说什么,卓玉打断了它,说自己需要静静。

卓玉来到阳台,看着熟悉的景色,看大江横流,船来船往,然后,她把饮料一饮而尽,飞快冲下了楼。

她在飞速行走中,一边叫出自己的无人驾驶三栖车,并紧急申请了不常用的空中飞行特权,跨过泛着夕阳波光的江面,向着韩部长的家飞去。

飞行途中,卓玉再次陷入了沉思——

1.比尔是SKT的人吗?该组织入侵她的大脑,得到《玫瑰或金》全文的目的是什么? 不会只是摧毁一部电梯、一组雕像那么简单吧? 这两者是地球上唯一使用Q材料建筑的,也就是只有它们的密码才与失落在时间中的《玫瑰或金》有关。与尚未问世的火凤凰无关。后者本身的构成与密码,其设计思维都是人类前所未有的,根本无法破译。难道,SKT这次做了无用功?

2.按照科技日新月异后的年龄来想,鲍菁菁、曹一山、秦花等人应该都还活着,甚至就在江城,找他们询问一下,就可以补足母亲一辈子不说的某些细节了。可那跟事情本身有什么关系呢? 故事的真假成分比例并不重要了。

她突然发现,自己正飞过江城最大的解放公园。

这个公园跟她颇有渊源。在她小的时候,母亲最爱带她到这儿玩,因为里面有个儿童乐园。2037年她带着Q材料回到江城,本以为可以用于建筑业,瞬间造栋大楼出来的理想终于实现,没想到被上头评估为安全级别不合格,说很容易被网络攻击导致顷刻间灰飞烟灭,不准推广。

她研究这么多年,于心不甘,遂申请用Q材料在解放公园大草坪上瞬间做了组雕塑,并且每年母亲生日那天,亲手远程操控雕塑,改变形状。建成的当时,它也是江城一大新闻。

二十年来,它或像矗立天际的巨大恐龙蛋,或变成柯伊伯带中空圆盘,有时甚至成为一组距离甚远的飘浮物,让人完全看不出群组的地基落在哪些建筑上。每一组雕塑仿佛都来自百万年后的高级文明,充满了异质高科技抽象感。

雕塑的层层密码掌握在不同人手中,除了公园管理者和监管部门,关键的最后一道密码只有卓玉自己知道。就像几十年前的虚拟货币一样,密钥只能写在纸上或记进大脑,不能记录在云链任何地方。

纵使如此,市政府还是不放心,在那组高三十米,占地三千平方米的雕塑周围,又空出三千平方米草坪,装上了围栏,让市民只能远距离观看,一旦遭遇远程恐袭,雕塑垮掉也伤不了人。

韩部长也没阻止她地下实验室的个人办公室加了个Q材料专用电梯,他只是要求该电梯增加多种安全设施,一旦解体,能弹出金属手或充气地垫等,确保卓玉的安全。

无人驾驶车快要飞到韩部长的别墅了,卓玉已经远远看见那个小区了,她却还在想,SKT如何通过催眠,让她接驳远在天堂的母亲的记忆?

她似乎记得,比尔这些年一直在搞记忆上传,想让人类的大脑实现永生。其实,也有个分支项目,是复活逝去之人的记忆,但要死者存留在网络的信息足够多。母亲是个作家,一生都在往网络和后来的云链掏出自己的思维与念头,掏出心灵之各种。她都不知道母亲用了哪些账号哪些文字,在哪些国家的社交平台上输入了多少字。

从她上大学离家到母亲去世,她们各忙各的。即便是完全在母亲身边那十八年,她也不知道她白天黑夜对着网络在输入什么。

只要技术到位,耐心足够,也许真的可以部分还原母亲的记忆。

卓玉真佩服SKT的用心。若果真如此,在Q材料还未成型时,就该在慢慢找她的破绽了。

母亲在Q材料发明的前一年去世。她整理遗物,发现塑封的剪报后,因为思念娘亲,经常拿出来看,不知不觉间,竟可以把它倒背如流了。其时她正为即将出炉的Q材料设置最后一道密码,便想到了二战时期的密码转子。那是只有顶级间谍才采用的东西,密码母本每次都不一样。

在高科技充斥人间的二十一世纪,只有最原始的东西最安全。

她烧掉了塑封的《玫瑰或金》,相信很难有人会查到互联网不发达的九十年代的江城日报副刊,某期名叫柔丝的作者写的文章是她密码母本之一,也猜不到柔丝就是卓玫瑰。

卓玉是这样设计最后一道密码的——

每次以记忆中《玫瑰或金》这篇文章的"的"字做引子。比如,第一次的密码就是第一个"的"字后面一个字的拼音的第一个字母在最新版的韦氏英文字典里该字母打头单词里的加粗加黑中第一个有七个字母的那个单词,然后以此为蓝本,隔一个字母变成其在字母表中的位置数字,并且在七个密码中隔一个添加母亲卓玫瑰的生辰,顺着倒着每次顺序不一样,又有另一套逻辑。而第二次偶次数密码,则是从文章中第二个"的"字前面那个字开始,奇次看后,偶次看前,以此类推,无限循环。

看上去是非常复杂的密码,但因为卓玉对《玫瑰或金》那篇文章非常熟悉,熟悉到成了本能反应,所以扒开眼前的空气屏幕，用角膜里安装的纳米激光投影器查看当年最新版韦氏字典后，瞬间就能得出新的密码。

实际上，制造出这个最原始也最难破解的密码后，卓玉瑰没用过几次。她太忙，大型雕塑改变造型一年一次，而她的自用电梯并不需要频繁换密码。

最重要的是，这个密码与她在研究的火凤凰毫无关系，为什么有人要从她的记忆里窃取它？

卓玉突然想到了SKT的过往，心有所悟，三栖车已在韩部长家门口降落。

她还在被刚才电光石火的醒悟吓到，韩部长已经跑了出来。

"卓组长，你看到新闻没有？"韩部长气喘吁吁，不待卓玉站稳就问。

"什么新闻？"卓玉还没问完，韩部长已经在空中给她扒拉展示出来了。

解放公园的那组雕塑，果然被恐袭了。现在还没有组织出来承认，但市民都受到了惊吓。

当天正是国庆节，上千名游客聚集在占地六千平方米、高达三十米的雕塑区外。恐怖组织远程解锁密码后，从大西洋底的站点远程攻击了这组雕塑，瞬间让它在无数打卡拍照的人面前垮掉，差点伤到围栏外面的人。最可怕的是，他们没让它变成齑粉,而是碎成一块块的巨石,滚落下来,对游客的心理冲击很大。潮水一样的游客像末日来临一样,尖叫着疯狂逃离,人压人的,还压死了两个人,重伤了十几人,其中有三个是十二岁以下的孩子。

"事情大了。"韩部长哀叹一声,把卓玉引进了一楼客厅。

不到几分钟,两个极高智商的人就一句赶一句,从卓玉回家休假后那个漫长的黄粱一梦说起,拼凑出了全部。

他们猜测八成是SKT入侵了卓玉大脑,挖走了记忆中作为密码母本的文章,破译了她的密码转子。

"他们马上会出来宣布对此事负责的。"韩部长咬牙切齿地说,"还会对不幸死亡的人表示哀悼,并且再次申明他们的目的是'反对科学的过度发展',恐袭只是他们不得不采用的极端手段。这帮伪君子!"

韩部长没说错,SKT成立二十年来,其诉求"停止发展科技,停止挑战神级文明"并没有什么不妥之处,恰好是有思想、不盲从、关心人类命运的人该思考的问题,但SKT的手段却一直是极端的,它每次都以袭击平民百姓来达到警告世界组织、各国政府和科技寡头的目的。

韩部长怀疑,SKT成员也不过是被金字塔尖的野心人士用高尚理由操控罢了。"历史证明,一个恐怖组织的真正目的绝不是对外宣扬的那个，只有最大的头目自己才知道。"他说，"要搞清楚，还需要时间。"

2037年，震惊世界的"杀人蜂"事件，就是他们"反对无人机极端AI化"带来的第一个"杰作"。

他们采用无人机精准识别功能，在全美观看超级碗全息影像节目的、散布在世界各地的一亿五千万云链观众中，同时精准选择射杀了待在家里、室外，或者各种交通工具中，甚至令人完全感到意外的白宫、空间站、月球溶洞基地的二十五岁天蝎座美貌女生2037人。

美貌、女生、二十五岁，这些特点凝聚着人类情感领域的蜜糖与花蕊。SKT就是想让大家痛到锥心。他们在云链来无影去无踪地宣布对此负责。他们制止人类AI武器发展那天，成为全球最黑暗的科技日。

非常具有讽刺意味的是，他们使用的就是超常规顶尖AI武器。

自2037年始，SKT每年搞一次大事。到2056年，他们已经发动大型恐怖袭击十九次。有一年是复活了2005年被英国国家医学研究院和美国斯克利普斯研究院修改了基因、不再传染人的1918年西班牙大流感的原始病毒，在科技过于超前而没有存留过去的疫苗和药物的猝不及防的短暂时间里，造成多达千万人的感染，以及四百八十七人的死亡。

那一年，SKT的主题是"反对生化医疗的过度发展"。

每一年，他们都有一个明确的主题，在行动成功后用全球云链通告的方式公开。每一年都会因他们的"精心准备"而死去至少三位数的人。他们袭击的地点不限于全球，甚至还有海底、地心，以及外太空、月球基地、火星移民垦荒团、木卫二信息转换站等，可以说是无孔不入，无行不精。

去年，他们用基因技术灭绝了地球上所有的抹香鲸，年度主题却是"2056，禁止过度开发海洋"。

今年已经过去大半，SKT还没有任何动静，没想到，早盯上了卓玉的脑袋。

他们以半真半假的故事，恐袭了一个人的记忆！

"Q材料并未被用于社会，不值得成为年度主题。他们应该还是剑指火凤凰。听说他们一直在全球阻止夸父计划的各种进度，包括民众舆论支持。"韩部长说。

两人逐渐理顺了思路，打算一起去见上级领导，不想还没出门，韩部长的智能屋自设的重大信息提醒说话了："请注意，重要信息，重要信息。SKT刚刚通过云链向全球宣告，对北纬二十九度江城市幸福区解放公园大型雕塑群组的垮塌负全责，并对不幸遇难和受伤的游客表示歉意。"

两人赶紧打开云链，看详细视频。

SKT的数字发言人宣布，他们今年的主题为"人是科技中最大的不安全因素",他们宣称自己策反了火凤凰牵头科学家卓玉的男友,通过脑联网点对点颢叶加密通信晕染了她的大脑,将她催眠进入固定的梦境,得到了仅存于她大脑中的密码母本,推演出最后一道密码,摧毁了雕塑。

SKT最后呼吁,世界联合科学院应该停止以开发太阳能量提升文明的夸父计划,他们认为那将是一个玩火者自焚计划。用卓玉研究的火凤凰材料储存的以普朗克计量的巨大能量,可以制造若干光子武器,每一台都可以毁灭一个星球。只要有人能以卓玉这样的科学家为突破口,就能找到密钥,窃走足以毁灭行星的能量。所以,卓玉的大脑能被轻易恐袭,即将面世的火凤凰还有什么安全可言?

数字人还说:"未来的恐袭也许更简单,只要把掌握了太阳能量的某个如卓玉女士一样的人的记忆,改变成毁灭狂的记忆就行了。"

视频末尾开始出现了《科技就是玩火自焚》的童声合唱,那是他们每年的主题曲,但是今年演唱还没结束,发言人又冒了出来。

那个被设计成上帝模样的虚拟数字人最后宣布,SKT将以卓玉对Q材料犯下的错误,说服全世界人民共同抵制夸父计划。

他们宣布,反夸父计划从此刻正式开始,名字叫作"后羿计划",将花一年时间,入侵数亿人账户,要他们签名反对一切国家与组织为夸父计划提供技术与资金。

"你被SKT说成历史罪人了。"韩部长感叹。卓玉却似乎没听到,喃喃自语道:"我没猜错,果然是比尔。"

她掐掉眼前云链的影像,一时感觉浑身发软,无比虚弱。

她努力稳住自己,半晌后才站起来,缓缓走向韩部长后院的花园。她每次来都要去坐坐葡萄架下的藤编秋千,那是韩部长的女儿做的。

韩部长看着她瞬间佝偻的背影,没说话。

她以为自己从没像母亲卓玫瑰那样刻骨爱过谁,有着潇洒的恋爱观,但其实她第一次邂逅比尔,就是在新西兰某个红酒庄园的葡萄架下。每次看到葡萄架,她都会不由自主地走过去,坐到不想起来,完全不受意识控制,好像一种本能。

她太忙太忙了,不被科技入侵大脑的话,记忆与眼泪都只储存在肌肉里。而这天,她在葡萄架下竟放松起来,放松起来,再次遭遇了自己。

原来,她就是那个以爱为鸩的卓玫瑰。